AF200611

Die zweite Abhandlung von Sascha „ponti" Hartmann

Die zweite Abhandlung
von Sascha „ponti" Hartmann

Der flammende Schweif am Himmel des Feuerschwertes Jesu, wenn er zurück zur Erde kommt, um die ganze Menschheit zu richten, da es scheinbar nicht reichte, dass er für unsere Sünden gestorben ist, wird deutlich am Himmel zu sehen sein, wenn die erste Rakete fliegt.

„Ich verstehe dich und zwinge dir nicht auf, dass auch du mich verstehen musst."

Konditionierung.

Man wird oft von äußeren Umständen geprägt, von Anfang an.

Man kann sich aber auch selbst trainieren. Die meisten kennen das, wenn es zum Beispiel um den Körper geht, Fitnesstraining, Boxen, oder Einklang mit dem Körper, wie Yoga oder Meditation, aber man kann auch einzig und allein seinen Geist trainieren. Viele machen dies zum Beispiel mit Rätseln, Sudoku, anderen mathematischen Themen, Naturwissenschaftlichem, oder anderen Dingen, die einfach den Geist anregen. Aber wenn Sie so darüber nachdenken, fällt Ihnen vielleicht auf, dass es mal was gab, was Sie richtig genervt hat. Und wenn Sie so nachdenken erkennen Sie vielleicht, dass es so schlimm war, dass egal was versucht wurde, die einzige Methode es für sich selbst los zu werden war, diesen Umstand zu ignorieren. Und wenn Sie sich nun erinnern, wie schwierig es vielleicht am Anfang war, weil man natürlich, dadurch dass man ihn nicht ändern konnte, er ja immer noch da war, dieser Umstand, Sie richtig bewusstes Ignorieren Anwenden mussten. Und nun fällt Ihnen vielleicht auf, wenn Sie an den Umstand als solches denken, wie einfach es vielleicht heute ist, weil Sie sich selbst so gut konditioniert haben, dass der Umstand vielleicht sogar immer noch da ist, aber es Sie tatsächlich, einfach nicht mehr interessiert und sie es unbewusst nun so gut ignorieren können, dass Sie es sich nun erst einmal richtig bewusst machen müssen, indem Sie darüber nachdenken.

Geld ist auch nur so eine Erfindung von dem Menschen; so wie Zeit.

Geld.

Vom Grunde her eigentlich eine gute Sache. Wenn ich Brot backen kann, kann ich mit dem der gerade ein Huhn geschlachtet hat tauschen. Kann ich weder Brot backen noch Schlachten, bin aber rein aus anatomischen Gründen auf Dinge wie Brot und weitere Nährstoffträger und Energiegeber angewiesen, so brauche ich etwas, was dem Bäcker und gleichermaßen dem Metzger genug Wert besitzt, um mit ihm tauschen zu können.

Geld.

Wahrscheinlich ruft allein das Wort Geld, schon irgendeinen Reiz bei Ihnen hervor.

Geld ist auch ein gern gesehenes Mittel bei Verbrechen. Diebstahl, Einbruch, Totschlag. Eine Sünde. Ein besonders schweres Verbrechen. Die Habgier. Auch ein schönes Mittel für Geschichten. Sei es ein klassischer Krimi, Western, oder Geschichten aus vergangenen Zeiten, welche sich zum Beispiel nicht nur vor 50 Jahren ereignet hatten und nun vielleicht eine Reprotage Wert sind, sondern auch altertümliche, ob als Dokumentation, vielleicht wie die Entdeckung Amerikas, oder welch kuriose Dinge zum Beispiel so etwas wie ein Goldrausch, wie allein die Berühmtheit fourtyniners, hervor rufen kann.

Geld.

Ein weiterer Akt
Ein weiterer Akt; ein weiterer Schritt; ein weiterer Teil; mehr Gedanken; mehr Erfahrungen; mehr Wissen.

Kennen Sie denn schon meine erste Abhandlung? Wenn nicht, nicht schlimm. Wenn ja, freue ich mich, dass Sie mir wieder etwas Ihrer Zeit schenken.

Wie wäre es für das Erste wieder mit etwas Belleristik? Oder doch lieber philosophisch wissenschaftlich an die Gedanken gehen?

Nun, man kann beides sehr gut kombinieren. Am besten in einer Geschichte, die trägt, dann noch zusätzlichen visuellen Reiz, vielleicht etwas Musik, Akustik, Atmosphäre.

Wussten Sie denn schon, dass die meisten meiner Geschichten ursprünglich als Drehbücher von mir geschrieben wurden und über die Jahre hinweg immer wieder neue Versionen endstanden und schließlich die Geschichten in Buch gerechter Form von mir selbst dann wieder umgeschrieben wurden und zum Großteil in meinen bisher erschienen E-Books zu finden sind? Nein? Jetzt tun Sie es.

Also, Belleristik.

Eine dieser Geschichten in meinen bisher erschienen E-Books möchte ich Ihnen hier nun gerne präsentieren. Sie gehört zu meinen Frühwerken, als ich als Kind noch im Bett gelegen habe nachts und mir gedacht habe „Wenn ich einen Wunsch frei hätte, dann wäre ich gerne Schriftsteller." Das ist nun schon ein paar Monde her. Aber jetzt zur Geschichte.

Das Geheimnis im Untergrund

Ein warmer Frühlingstag.

Behütet von Wäldern ringsum, liegt ein kleines Städtchen.

Alles ist friedlich.

Und auch dass eine Giftmüllfabrik an die Stadt angrenzt tut dem Frieden scheinbar keinen Abbruch.

Spatzen hüpfen um den Food-Truck von Maggy herum, in der Hoffnung ein paar Pommes oder etwas anderes Leckeres abzubekommen.

Ebenfalls am Food-Truck sind Dan und Mike; Freunde, Nachbarn, Arbeitskollegen und leidenschaftliche Jäger.

Es ist Freitag.

Dan und Mike haben gerade Feierabend gemacht. Sie arbeiten in einem Lager einer Spedition. Nun genießen sie ihr Feierabendbier und stärken sich an Maggys Food-Truck und planen den Jagdausflug am Wochenende.

Dan bemerkt einen Mann auf der gegenüberliegenden Straßenseite. Dieser schnippt während des Gehens wiederholend ein Geldstück in die Luft und fängt es wieder auf. Mike schaut, worauf Dan blickt. Plötzlich greift der Mann auf der gegenüberliegenden Straßenseite daneben. Das Geldstück rollt auf der Straße entlang, geradewegs in einen Gully. Dan und Mike widmen sich daraufhin lachend wieder ihren Burgern. Plötzlich ertönt ein Schrei. Dan und Mike drehen sich um. Der Schrei kam von dem Mann. Er wollte nach dem Geldstück im Gully fischen. Nun ist er spurlosverschwunden. Dan und Mike schauen sich verwundert an. Dann rennen sie zum Gully. Doch außer tiefem Schwarz ist nichts zu sehen. Dan rennt wieder zurück zu Maggys Food-Truck. „Rufen Sie die Polizei!", sagt Dan. Maggy nimmt ihre Kopfhörer raus, über die sie während der Arbeit Musik hört, und fragt verwundert: „Was?" – „Sie sollen die Polizei rufen!", wiederholt Dan energisch. „Aber warum denn?", entgegnet Maggy, „Was ist denn passiert?" – „Haben Sie den Schrei nicht gehört?", fragt Dan, „Von dem Mann?" – „Welcher Mann?", fragt Maggy ahnungslos. „Rufen Sie einfach die Polizei!", wiederholt Dan deutlich. „Okay, okay.", willigt Maggy dann ein und ruft die Polizei.

Einige Zeit später trifft diese auch am Food-Truck ein.

Die Polizisten befragen Dan und Mike was sie gesehen haben. Maggy wird ebenfalls befragt. Die Polizisten finden Dan und Mikes Aussage leicht unglaubwürdig, zumal Maggy nichts davon bestätigen kann und es auch keinen anderen Hinweis auf den Mann mit dem Geldstück gibt. Daraufhin müssen Dan und Mike einen Alkoholtest machen. Leider stellt sich bei diesem heraus, dass die beiden eben doch schon einige Bier getrunken haben. Die Polizisten schicken Dan und Mike nachhause und verschwinden wieder unverrichteter Dinge.

Mike kommt noch mit zu Dan.

Ihre Häuser liegen ja genau nebeneinander.

Das Geschehene geht beiden nicht aus dem Kopf. Soll das wirklich nur Einbildung gewesen sein? Von beiden?

Sie sitzen nebeneinander und grübeln jeder für sich. „Was hältst du davon,", fragt Dan dann, „wenn wir unseren Jagdausflug mal in andere Gebiete verlegen?" – „Was meinst du?", fragt Mike leicht verwirrt. „Ich weiß was ich gesehen habe.", sagt Dan, „Und du hast es auch gesehen. Da unten muss irgendwas sein." – „Und du willst es jagen?", fragt Mike weiter. „Ich will zumindest wissen was da unten ist.", antwortet Dan, „Und nicht als Lügner oder Geschichtenerzähler gelten." Nach kurzem Überlegen willigt Mike ein und sie beschließen, am nächsten Morgen, noch vor Sonnenaufgang, den Ort des Geschehens genauer unter die Lupe zu nehmen.

Nach nur wenigen Stunden Schlaf steht Dan also, noch weit vor den ersten Sonnenstrahlen, wieder auf.

Er ist so angespannt, dass er nach dem Aufstehen und der Morgentoilette nicht mal die innere Ruhe hat, sich einen Kaffee zu machen, sondern gleich beginnt seine Sachen für die angestrebte Expedition zu packen; er braucht ein Seil, eine Taschenlampe, Gummistiefel anziehen und zur Sicherheit seine Schrotflinte und Munition.

Als Dan mit allem fertig ist verlässt er das Haus und macht sich zu seinem Nachbarn und Kollegen Mike.

Mike ist nicht ganz so fix, wie sein angespannter Kumpel und nimmt sich noch die Zeit für einen Kaffee.

Aber nach einigem Drängen von Dan, es soll ja auch alles noch vor Sonnenaufgang passieren, machen sich dann beide auf den Weg.

Etwas später erreichen sie den Gully, in dem der Mann am Vortag verschwunden ist. Sie schauen sich um, um zu kontrollieren, dass sie keiner bei ihrem Vorhaben beobachtet. Als sie sich sicher sind, dass sie unbeobachtet sind, öffnen sie den Kanaldeckel und klettern über die Stahltreppe in das Schwarze hinab; Dan voraus und Mike hinterher, der über ihnen auch den Kanaldeckel wieder schließt.

Als sie ein wenig den Schlund hinab gestiegen sind, schalten sie ihre Taschenlampen an. Unten angekommen schauen sie sich in dem Labyrinth von Kanälen um. „Und was jetzt?", fragt Mike. „Lass uns da lang gehen.", antwortet Dan und leuchtet in einen Gang. Sie binden das Seil an der untersten Stufe der Stahltreppe und führen es mit sich, um den Weg zurück zu finden.

Nachdem sie eine halbe Stunde im Untergrund ohne weitere Erkenntnis, was dem Mann, der im Gully verschwunden ist, passiert ist, beschließen sie wieder an die Oberfläche zurückzukehren, bevor die Sonne aufgeht.

Am darauffolgenden Abend sitzen Mike und Dan bei einem Bier zusammen.

Das Geschehen um den vom Gully verschluckten Mann geht ihnen nicht aus dem Kopf. Sie können sich das doch nicht einfach nur eingebildet haben? „Wir müssen noch einmal darunter.", sagt Dan entschlossen. Mike ist skeptisch: „Aber wir waren doch schon da unten. Da war nichts. Und was denkst du was wir da unten finden werden außer Dreck und Gestank?" – „Ich muss da nochmal runter.", erwidert Dan, „Irgendetwas ist da unten."

Sie sitzen noch einen Moment zusammen, ohne dass sie noch viele Worte verlieren. Mike trinkt sein Bier noch aus und geht dann. Dan geht, nachdem Mike das Haus verlassen hat, einen Moment in sich und beschließt, sich nochmal in das Labyrinth der Abwasserkanäle zu begeben.

Wieder packt er alles zusammen. Seil, Taschenlampe und zur Sicherheit die Schrotflinte.

Dann fährt er wieder zum Gully, wo der Mann verschwunden ist, und begibt sich im Schutz der Nacht auf die Suche im Untergrund.

Dan läuft eine Weile durch das Labyrinth der Kanäle, bis er plötzlich im Schein der Taschenlampe etwas auf dem Boden liegen sieht. Es sieht aus wie ein Haufen Klamotten. Dan geht etwas näher ran und erkennt dann mit Schrecken, dass es sich um eine Leiche handelt.

Nach einem kurzen Moment des Durchatmens, bindet Dan das andere Ende des Seils, welches er mit sich führt, an der Leiche fest, damit sie wieder gefunden werden kann.

Dann geht er am Seil entlang zurück zur Treppe, die an die Oberfläche führt.

Sein nächster Weg führt ihn zum Polizeipräsidium.

Dort erzählt er noch einmal die ganze Geschichte. Die Polizisten sind wieder ungläubig, allerdings kommen zwei von ihnen mit, um sich zur Leiche führen zu lassen. Immerhin könnte es sich hier um Mord handeln, wenn denn die Geschichte stimmt, und dann müssen sie dem ganzen halt nun mal eben nachgehen.

Gesagt, getan.

Dan führt die beiden Polizisten in den Abwasserkanal. Doch als Dan und die beiden Polizisten das Ende des Seils erreichen, welches Dan an die Leiche gebunden hat, ist dort nichts zu finden. Das Seil ist ausgefranzt und keine Leiche hängt daran. Und auch in der näheren Umgebung ist nichts von einer Leiche zu sehen.

Die Polizisten sind nicht gerade begeistert und raten Dan nachhause zu gehen und seine Unternehmungen im Abwasserkanal einzustellen und gegebenenfalls einen Psychiater aufzusuchen und mit dem Trinken aufzuhören.

Dan ist verzweifelt, aber er weiß, dass es nichts bringt, mit den beiden Polizisten nun zu diskutieren, bevor sie ihn noch höchstpersönlich zu einem Irrendoktor bringen.

Und so klettern die drei wieder an die Oberfläche und Dan geht wieder nachhause.

Am nächsten Tag berichtet Dan, während der Mittagspause im Lager, Mike von der Leiche und was in der vergangenen Nacht passiert ist.

Mike weiß nicht worüber er mehr schockiert sein soll; dass Dan nachts nochmal alleine in die Abwasserkanäle gestiegen ist, oder dass dieser dort eine Leiche gefunden haben will.

Da die Polizei keine Hilfe ist, möchte Dan nun Mike überreden, dessen Ex-Freundin, eine Reporterin, zu benachrichtigen und mit ihr ebenfalls nochmal in die Kanäle hinabzusteigen. Mike ist von dieser Idee gar nicht begeistert, aber nach einigem hin und her willigt er ein seine Ex-Freundin Tanja anzurufen. „Danke.", sagt Dan.

Dann ist die Pause rum und beide müssen wieder an die Arbeit.

Nach der Arbeit gehen beide wieder zu Dan.

Sie sitzen auf der Couch und Mike hat schon das Telefon in der Hand, um Tanja anzurufen. Doch so ganz will er noch nicht. „Mach schon.", sagt Dan, „Sie wird uns helfen aufzuklären was da unten vor sich geht. Oder willst du erst noch mehr Leichen?" Mike schaut Dan in die Augen. Dann wählt er Tanjas Nummer und ruft sie an.

Mike erzählt Tanja die ganze Geschichte; angefangen von dem Mann der im Gully verschwunden ist, bis zur Leiche, die Dan gefunden haben will, und der Polizei die das alles nicht glaubt. Tanja, die am Anfang nicht begeistert von Mikes Anruf ist, wittert dann allerdings eine große Story und willigt ein, mit Dan, Mike und einem Kameramann nochmal die Abwasserkanäle abzusuchen.

Sie verabreden sich gleich für die kommende Nacht, Treffpunkt ist Dans Haus, um ihr Vorhaben zu starten.

Dan und Mike packen gerade die Sachen zusammen für ihr Abenteuer, als es an der Tür klingelt. Dan macht auf. Tanja und ein Mann stehen vor ihm. „Hey Dan.", sagt Tanja, „Das ist Mitch." – „Hey Tanja.", erwidert Dan, „Hey Mitch. Kommt rein." Sie gehen ins Wohnzimmer, wo Mike noch mit den Sachen beschäftigt ist. Tanja sieht Mike an. Dieser schaut zurück. Es herrscht einen Moment lang eine Art unbehagliches Schweigen. „Wenn das irgend so eine abgedrehte Scheiße ist die du hier versuchst Mike,", sagt Tanja dann, die Stille durchbrechend, „dann reiß ich dir deinen verfluchten Schädel eigenhändig vom Hals." – „Nein Tanja.", sagt Dan dann die Wogen glättend, „Alles was Mike dir am Telefon erzählt hat entspricht den Tatsachen." Wieder herrscht für einen Moment die Stille. „Jetzt lasst uns die Sachen zusammenpacken und losgehen.", sagt Dan dann. Und so wird es gemacht.

Es ist noch tiefste Nacht, als sie am Gully, in dem der Mann verschwand, ankommen.

Dan öffnet den Gully. „Und das ist wirklich hier keine abgefuckte Scheiße die ihr hier versucht?", fragt Tanja noch einmal nach, sichtlich angewidert von dem Gedanken, gleich in die Kanalisation hinab zu steigen. „Nein Tanja.", sagt Mike, leicht genervt. Tanja schaut ihren Ex einfach nur an. „Also los dann.", sagt Dan und klettert als erster hinunter. Mike folgt ihm. Dann folgen Mitch mit seiner Kamera und Tanja.

Dan und Mike befestigen wieder das Seil an der untersten Stufe der Treppe.

Tanja ekelt sich auf Grund der Umgebung.

„Folgt uns und seid wachsam.", sagt Dan zu Tanja und Mitch, dann gehen er, mit der Schrotflinte in der Hand, und Mike mit Taschenlampe voraus. Mitch folgt mit der Kamera, deren Kopfleuchte er anschaltet. Tanja stolziert angewidert hinterher.

Sie laufen schon eine ganze Zeitlang durch das Kanalsystem, als Tanja genervt von allem ist. „Es reicht jetzt!", sagt sie, „Das ist doch alles verrückt! Ihr seid verrückt! Komm Mitch, wir gehen wieder!" Kaum hat sie dies alles ausgesprochen und sich umgedreht, als man plötzliche ein lautes Knurren vernimmt. Alle schrecken zusammen. Durch das Schallen in den Kanälen ist nicht wirklich auszumachen, woher das Knurren kam. „Was war das?", fragt Tanja nun ängstlich. „Wahrscheinlich das, was wir suchen.", antwortet Dan, „Los, weiter." Und sie gehen weiter. Plötzlich hört man wieder das schallende Knurren. „Mir reicht´s!", sagt Tanja und dreht wieder um, um erneut das Geschehen zu verlassen. „Warte.", sagt Mitch und dreht sich in ihre Richtung. Durch die Kameraleuchte sieht man plötzlich wie sich ein Biest, einem Werwolf gleich, vor Tanja aufbaut. Sie bleibt erstarrt stehen und beginnt dann zu schreien. Das Biest beginnt zu brüllen und holt mit seiner Pranke aus. Mitch stößt Tanja zur Seite und bekommt stattdessen die Pranke mit den scharfen Krallen ab. Ihm wird fast der Kopf abgerissen durch die Wucht. Die Kamera fällt zu Boden und Mitch tot neben sie. Einen Moment herrscht durcheinander. Dan gibt einen Schuss ab. Doch hat er getroffen? „Komm Dan!", schreit Mike, der Tanja am Arm gepackt hat und rennt los. Dan will gerade ebenfalls los rennen, als ihn das Biest packt und mit seinen Krallen durchbohrt. „Mike!", kann Dan noch stöhnend heraus bringen." Mike dreht sich um. Dan schaut ihn an und wirft ihm das Gewehr entgegen. „Lauf.", ist dann das letzte was Dan noch sagen kann und stirbt. Mike geht die zwei Schritte bis zum Gewehr zurück, hebt es auf, wirft noch einen Blick auf seinen Freund, der nun vollends von dem Biest zerfleischt wird, dreht sich dann wieder um, packt Tanja wieder am Arm und rennt mit ihr los.

Nachdem sie eine ganze Strecke durch die Kanalisation gerannt sind, bleiben sie erschöpft stehen. Mike schaut sich mit der Taschenlampe um. Von dem Biest ist nichts zu sehen. „Ist es weg?!", fragt Tanja. „Scheint so.", antwortet Mike. „Und wie kommen wir jetzt hier raus?", ist Tanjas nächste Frage. „Wir müssen uns einen Weg suchen;", antwortet Mike, „einen Schacht, der nach oben führt." Mike leuchtet weiter die Umgebung ab. Von dem Biest ist nichts zu sehen, aber auch kein Schacht, der nach oben führt. Sie beschließen weiter in die Richtung zu gehen, in die sie gerannt sind und nicht zurück, um nicht in Gefahr zu laufen dem Biest in die Pranken zu geraten.

„Ich habe so ein Ding schon mal gesehen.", sagt Tanja, während sie nach einem Ausweg suchen. „Was?", fragt Mike ungläubig. „Ja.", antwortet Tanja, „Es ist schon einige Zeit her, da hat mir ein Kollege und Freund aus einer anderen Stadt ein Foto gezeigt von einem Ding, was mehrere Menschen und Tiere getötet haben soll und dann von Jägern erlegt wurde und das sah genauso aus. Aber die ganze Sache wurde dann ziemlich klein Gehalten und kam nie an die große Öffentlichkeit und außer den Zeugen und Geschädigten, die scheinbar horrende Entschädigungen bekamen, um zu schweigen, und dieses eine Foto, was er auch nur unter große Mühe verheimlichen konnte, gab es keine Beweise, dass jemals etwas passiert sei." – „Und warum kam er damit zu dir?", fragt Mike. „Aus dem selben Grund wie du und Dan würde ich sagen.", antwortet Tanja, „Nur nachdem ich bei meinen Recherchen auf großen Wiederstand traf, habe ich es aufgegeben und ich wollte auch nicht meine Kariere gefährden. Aber nun, wo noch so ein Ding aufgetaucht ist, muss es an die Öffentlichkeit und man muss herausfinden, wo diese Viecher herkommen und was sie sind." – „Aber dafür müssen wir erst mal hier raus kommen.", erwidert Mike.

Mike leuchtet weiter mit der Taschenlampe auf der Suche nach einem Ausgang.

Kurz darauf fällt in das Licht der Taschenlampe ein Schacht; ein weg nach oben; ein Ausweg.

„Da.", sagt Mike. Er und Tanja sind sichtlich erleichtert und laufen auf den Schacht zu.

Plötzlich taucht das Biest vor ihnen auf!

Tanja fällt vor Schreck auf den Rücken.

Das Biest packt Mike und beißt ihm in den Hals. Mike schreit auf vor Schmerzen. Ein Schuss fällt und Mike und das Biest fallen zu Boden. Mike konnte noch geistesgegenwärtig die Schrotflinte auf den Körper des Biestes richten und abdrücken und hat es so getötet.

Tanja robbt zu Mike, um nach ihm zu sehen. Mikes Verletzungen sind zu stark und er stirbt noch bevor er etwas sagen kann.

Tanja nimmt die Taschenlampe und steht auf. Sie leuchtet auf den toten Mike und das tote Biest. Dann leuchtet sie auf den Schacht nach oben, geht zu diesem und klettert nach oben ins Freie.

Dort angekommen bricht sie erschöpft und weinend zusammen.

Ein paar Passanten kommen dazu, um ihr zu helfen.

Tanja berichtet alles der herbeigerufenen Polizei; von dem was Mike und Dan ihr erzählt haben; von dem was in der Kanalisation passiert ist; und von den Geschehnissen, von denen ihr Freund aus der anderen Stadt erzählt hat.

Doch als die Kanalisation abgesucht wird, werden angeblich keine Leichen und kein Biest gefunden.

Wie kann das sein? Wird wieder alles vertuscht? Oder hat etwas anderes die Leichen weggebracht?

Tanja wird als sensationsgeile Betrügerin hingestellt und kommt wegen ihrer hysterischen scheinbaren Wahnvorstellungen in psychiatrische Beobachtung.

Dan und Mike gelten als Komplizen ihres Komplottes und gelten als untergetaucht, um der Geschichte mehr Beweiskraft zu geben, was auch ihr verschwinden erklären würde.

Nach einiger Zeit sind Tanja und ihre Geschichte, so wie die verschwundenen Mike und Dan, vergessen.

Ein neuer Tag bricht an.

Die Sirene zum Schichtwechsel der Giftmüllfabrik ertönt; dem größten Arbeitgeber der Region.

Ende

Kurz etwas Privates

Mag jemand von Ihnen H.P. Lovecraft? Stephen Hawking? Albert Einstein? Oder welch Namen wären oder würden Ihnen denn nun in den Sinn kommen? Zeit zum Nachdenken? Haben Sie so viel Sie wollen.

Jetzterinnerungen könnte man als eine Form von Déjà-Vu bezeichnen.

Schon einmal irgendwo gehört oder gelesen?

Erfahrungen?

Gedanken?

Einbildung?

Egal?

Was denken Sie?

Auf jeden Fall ist es wie es ist. Ich denke es, also ist es.

Ich hatte in meinem Leben immer Phasen, in denen ich mal an sehr vielen Déjà-Vu Abfolgen in kurzen Abständen litt, oder dann auch wieder eine geraume Zeit gar nicht mehr und sie schienen schon wieder nur eine Erinnerung und dann kommt wieder ein Phasenwechsel.

Wenn man merkt das man in einer Art des Déjà-Vu hängt, in dem man mehrere aufeinanderfolgende Dinge alle vorhersagen könnte, könnte man das ja noch weiter denken und vielleicht sogar versuchen quasi bewusster zu erleben und anfangen zu steuern, ob es vielleicht anders wird, wenn man diese Abfolge, die man ja schon irgendwie zu kennen scheint, unterbricht und genau was anderes tut und hervor zu rufen probiert.

Ich habe mich viel damit beschäftigt, ob ein Déjà-vu als solches denn eigentlich was Gutes oder Schlechtes sein soll und wie ich diese wechselnden Phasen zu deuten haben sollte. Hier wären wir quasi schon irgendwie an dem Begriff Zeichen am Hineinschlittern, zu dem ich ja in „Eine Abhandlung von Sascha ponti Hartmann" schon sagte, dass ich auf diesen später kommen werde.

Was dieses Denken, wie ich es gerade beschrieb, und deren Auslöser, so wie auch das Thema Zeichen gemeinsam haben ist unter Anderem, wie wir Menschen und auch schon anfangend bei sich selbst, diese Dinge bewerten.

In der Psychologie lernt man eigentlich ziemlich früh, dass man Dinge nicht bewerten soll, sondern quasi eine radikale Akzeptanz brauch. Es gibt viele die das schaffen, allerdings wenn ich nichts mehr für schlecht empfinde, wird es auch schwierig etwas als gut zu empfinden.

Und wenn man nun an dem Punkt ist, es einfach so zu akzeptieren wie es ist und unter Anderem eben auch diese Gedanken allein mit den Déjà-Vu oder auch Jetzterinnerungen hat und zudem vielleicht auch noch ein wenig über Quantenmechanik gehört hat und vielleicht in diesem Zusammenhang schon von der Vieleweltentheorie was mitbekommen hat, dann kommt man an einem Satz nicht vorbei: „Wenn ich es erdenken kann, so kann es auch möglich sein."

Inwieweit dies nun zu bewerten sei und wie weit man sich in diese Gedanken verlieren mag oder auch nicht, oder welch individuellen Erkenntnisse daraus erwachsen mögen und wie diese dann zu bewerten seien, möchte ich hier nicht erörtern. Jeder Einzelne sollte auf jeden Fall anfangen einfach schon einmal sich selbst vielleicht einfach nur ein bißchen mehr wahrzunehmen und dann natürlich auch seine Umwelt. Aber auch hier sollte es jedem zuzugestehen sein, wenn er das auch nicht will, weil er es vielleicht nicht nur aus seiner Sicht heraus, sondern eventuell doch auch aus Erfahrung, Wissen, oder doch einfach Abscheu von sich fernhalten mag.

Das strahlende Licht
Edward und Mandy sind schon lang verheiratet. Man könnte sagen schon zu lang. Sie sprechen kaum noch

miteinander und gemeinsam gelacht haben sie auch schon lang nicht mehr. Auch was andere eheliche Pflichten angeht herrscht ebenso lang Funkstille. Es ist nur noch ein Leben nebeneinander. Ihre Ehe blieb bis hierhin Kinderlos und auch ein Haustier haben sie nicht.

Mandy ist Hausfrau. Ihr Leben besteht darin, morgens aufzustehen, Frühstück machen, nachdem ihr Mann dann auf Arbeit gefahren ist den Haushalt erledigen, mittags Spieleshows im Fernseher schauen, wenn ihr Mann spät abends wieder von der Arbeit nachhause kommt Abendessen machen und dann wieder ins Bett gehen.

Edwards Leben ist genauso trist. Er steht morgens mit seiner Frau auf. Während sie das Frühstück vorbereitet, macht er sich fertig für die Arbeit in einem großen Supermarkt, der in der nächstgrößeren Stadt ist, um dort den ganzen Tag an der Kasse zu sitzen. Nach dem gemeinsamen Frühstück fährt Edward dann los. Und nachdem er dann eben den ganzen Tag Waren über die Kasse geschoben hat, fährt er wieder nachhause. Dort empfängt ihn dann seine Frau mit dem Abendessen. Nach dem gemeinsamen Essen gehen sie dann ins Bett. Jeder legt sich auf seine Seite und schläft.

Am Wochenende kümmert sich Edward meist um den Garten. Mandy nutzt den Wagen um einkaufen zu gehen, in dem Supermarkt, in dem ihr Mann arbeitet. Das gibt

Rabatt. Abends schauen sie dann meist zusammen wortlos etwas fern, bevor sie ins Bett gehen.

Es ist wieder einer dieser tristen Tage, wie sie Edward und Mandy schon seit Jahren erleben.

Edward fährt wie gewohnt die ganzen Kilometer über eine lange, zu den Zeiten in der er die Strecke fährt, wenig befahrene Landstraße, die teilweise durch einen Wald führt, bis hin zu seiner Arbeitsstelle, dem Supermarkt.

Auf dem Weg kommen Edward Gedanken, wie er sie schon so oft hatte: Es solle doch wieder etwas aufregender sein, mit seiner Ehe, mit dem Leben als solches, oder es solle doch einfach mal irgendwas Außergewöhnliches passieren, das ihn eben einfach mal aus seiner Tristes herausholt.

Am Supermarkt angekommen, stellt er seinen Wagen auf dem großen Parkplatz ab, geht in den Markt, zieht sich um und setzt sich an die Kasse, um wieder den ganzen Tag Waren über die selbige zu schieben.

Am Ende des Arbeitstages zieht Edward wieder seine Privatkleidung an, geht zu seinem Wagen und fährt wieder nachhause.

Zuhause wird er wieder mit Abendessen empfangen. Wortlos sitzen er und Mandy am Tisch und essen. Nach dem Essen räumt Mandy den Tisch ab. Edward macht sich derweil bettfertig. Schließlich legen sie sich ins Bett, jeder auf seine Seite, und schlafen.

So wie schon die letzten Jahre, vergehen auch noch die nächsten Tage.

Immer mehr sehnt sich Edward nach etwas Aufregung in seinem Leben.

Doch nichts passiert.

Bis Edward eines Tages auf dem Weg nachhause von der Arbeit ist.

Wieder fährt Edward über die lange, einsame Landstraße. Es wird schon langsam dunkel. Edward kommt an das Waldstück, durch das die Landstraße führt. Plötzlich bemerkt Edward, in einiger Entfernung im Wald, ein helles, strahlendes, weißes Licht. Er schaut in die Richtung, aus der das Licht herkommt. Er stutzt. Langsam reduziert er die Geschwindigkeit seines Wagens, bis er schließlich endgültig stehen bleibt. Er schaut weiter in die Richtung des Lichtes, das weiter hell und leuchtend strahlt.

„Ist das etwas, was mich aus meinem tristen Alltag holen kann? Etwas Außergewöhnliches? Etwas, von dem ich vielleicht auch meiner Frau Mandy berichten kann, damit wir vielleicht auch endlich mal wieder ein Gesprächsthema hätten? Etwas Aufregendes?", sind Edwards Gedanken.

Edward steigt aus seinem Wagen. Er scheint förmlich von dem Licht in einen Bann gezogen zu werden. Er beschließt in den Wald zu gehen und zu erkunden, wo dieses Licht herkommt und was dieses Licht ist oder bedeutet. Er lässt seinen Wagen am Straßenrand stehen und geht in den Wald. Immer tiefer geht Edward in den

Wald hinein. Das Licht scheint von einem bestimmten Punkt her zu leuchten. Edward kommt dem Licht näher. Umso näher er dem scheinbar Außergewöhnlichem kommt, umso mehr entpuppt sich das Licht wie ein strahlender, leuchtender, großer Ball. Leichtes Summen ist scheinbar zu hören, umso näher Edward dieser leuchtenden Kugel kommt, die so starkes, weißes Licht ausstrahlt, dass man es aus einiger Entfernung sehen kann. Die Kugel scheint nur aus reinem Licht zu bestehen und ist fast so groß wie Edward selbst. Außer dem leichten Summen ist sonst nichts zu vernehmen. Edward schaut sich um.

„Ist nicht doch etwas in der Nähe? Irgendetwas muss doch dieses Licht verursachen. Oder irgendwer oder irgendwas muss es hergebracht haben? Und was ist es eigentlich? Und woher kommt dieses Summen?", sind Edwards Gedanken.

Zunächst hält Edward etwas Sicherheitsabstand zu dieser hell leuchtenden Lichtkugel. Doch irgendwie zieht sie ihn auch an. Dieses weiße und helle Licht wirkt eine Faszination auf Edward aus. Edward geht näher an die Kugel heran. Das Summen wird scheinbar lauter, doch für Edward ist es ein so schöner, beruhigender und fast schon vertrauter Ton, dass er es kaum noch wahrnimmt. Edward stellt fest, dass wirklich nichts anderes in der Kugel zu sehen ist, als dieses weiße Licht. Doch so hell es auch ist, es blendet Edward nicht, was ich selbst leicht zu verwirren scheint. Irgendetwas sagt Edward im Inneren, er solle das Licht berühren. Ganz vorsichtig hebt er seine

Hand. Er steht so nah an der Lichtkugel, dass er scheinbar schon mit dem Licht zu verschmelzen scheint. Langsam führt Edward seine Hand in Richtung des Lichts. Als er es berührt ertönt scheinbar ein Wusch und irgendetwas scheint Edwards Hand regelrecht im Licht festzuhalten. Doch Edward hat keine Angst. Im Gegenteil. Er fühlt sich auf einmal äußerst wohl, gut und fast schon geborgen. Plötzlich schießen Gedanken in Edwards Gehirn wie Blitze. Unzählige Gedanken wechseln sich in Edwards Gehirnwindungen ab. Edward sieht Bilder vor seinem geistigen Auge, vom Vorbeginn der Erdentstehung, die komplette Evolution hinweg, über die menschliche Geschichte, bis weit darüber hinaus. Es scheint als würde Edward gerade das komplette menschliche Wissen zu teil und noch viel mehr. Edward fühlt sich fabelhaft und einfach großartig. Das ganze scheint eine Ewigkeit zu dauern, doch es ist nur ein kurzer Augenblick. Immer mehr strömt in Edwards Gehirn. All das Wissen was Edward zu teil wird und welches er nutzen kann und auch weitergeben kann, seiner Frau Mandy zum Beispiel. Edward fühlt sich groß und erhaben. Doch plötzlich ändert sich etwas. Edward kann nicht greifen was sich ändert, nicht denken, zu viele Gedanken auf einmal, zu schnell. Plötzlich fühlt sich Edwards Gehirn an, als würde es kochen.

„Was ist das? Was ist hier los? Was passiert hier?", sind nun Edwards vordergründige Gedanken, während immer weitere Gedanken in sein Hirn in Windeseile schnellen.

Edwards Gehirn scheint sich förmlich zusammenzuziehen. Edward wird es heiß. Dennoch kann er das Licht nicht loslassen. Obwohl er nun davon weg will, irgendetwas scheint ihn nach wie vor festzuhalten. Plötzlich scheint Licht aus Edwards Haut hervorzudringen, ebenso hell, wie das Licht der Kugel. Von einer Sekunde auf die andere scheint sich Edward aufzulösen. Licht der selben Art, aus dem die Kugel zu bestehen scheint, schießt aus seiner Haut, Augen, Ohren und Mund. Er scheint förmlich mit der Kugel zu verschmelzen, bis schließlich nur noch weißes Licht zu sehen ist. Die helle Lichtkugel flackert für einen kurzen Moment noch heller auf, als sie sowieso schon leuchtet, und verschwindet dann urplötzlich.

Nichts Außergewöhnliches ist nun mehr zu vernehmen. Nichts bleibt zurück, was von einem außergewöhnlichen Vorfall zeugt.

Zuhause wartet Mandy mit dem Abendessen. Edward hätte schon längst zuhause sein sollen.

Mandy macht sich Sorgen.

„Hat er mich verlassen? Wurde ihm alles zu viel und er ist einfach abgehauen? Vielleicht mit einer anderen Frau?", beginnen Mandys Gedanken zu kreisen.

Mandy ruft im Supermarkt an, doch da ist längst niemand mehr.

Nach einem weiteren kurzen Augenblick des Wartens, wählt sie die Nummer der Polizei, doch diese beschwichtigt sie, sie solle bis morgen warten, vielleicht sei Edward ja nur was trinken gegangen und käme bald nachhause.

Den ganzen Abend kommt Edward nicht nachhause. Mandys Sorgen werden immer größer.

„Ist ihm vielleicht doch etwas zugestoßen? Hatte er vielleicht einen Unfall? Warum macht die Polizei nichts?", sind nun ihre Gedanken.

Am nächsten Tag ist Edward immer noch nicht Zuhause. Mandy befindet sich zwischen Sorge und Wut. Wieder ruft sie im Supermarkt an, um sich zu erkundigen, ob Edward denn zur Arbeit gekommen wäre, doch auch dort ist er nicht aufgetaucht. Daraufhin ruft Mandy erneut bei der Polizei an und berichtet, dass Edward immer noch nicht nachhause gekommen sei und er auch nicht auf der Arbeit erschienen wäre.

Dies ist nun Anlass genug für die Polizei, zumindest mal den Weg, den Edward immer zwischen Zuhause und Arbeit fährt, abzufahren. Die Polizei findet Edwards Wagen im Waldstück am Straßenrand stehen, doch keine Spur von ihm.

Die Polizei geht von einem Verbrechen aus, doch weder eine Lösegeldforderung noch Edwards Leiche tauchen jemals auf.

Hatte er vielleicht auch nur sein Leben satt und ist Weg?

So verbringt Mandy die restlichen Jahre ihres Lebens in Trauer und Gedanken daran, was an diesem Tag, als Edward verschwunden ist, geschehen ist.

Ende

Lieblingsfarben

Haben Sie eine Lieblingsfarbe?

Manche Menschen teilen ja manchen Farben bestimmte Dinge zu; wie zum Beispiel Rot ist die Farbe der Liebe, oder Grün ist die Hoffnung, Gelb wie Neid, oder auch Blau macht glücklich.

Bei Blau sträubt sich da irgendwas tief in mir drin. Irgendwie sagt mir was, dass Blau quasi die Verführung ist, ein Schein; oder Grün ist für mich quasi nicht nur die Natur, sondern auch die reine Balance, das Gleichgewicht zwischen allem, wie auch zwischen Wissen und Unwissen; und Rot ist für mich die schonungslose und radikale Aufklärung.

Rot – Grün – Blau; nach meiner Sicht also: totale Aufklärung – absolute Balance – Versuchung.
Witzig wenn man erkennt, das bei der FSK Kennzeichnung 18 rot, 16 blau und 12 grün ist, so wie unter anderem dann auch gelb für FSK 6.
RGB; quasi unsere Grundfarben, mit den Komplementärfarben Cyan, Magenta, Gelb.

Wer die Lieblingsfarbe Schwarz hat, hat sicher schon oft gehört, dass schwarz ja keine Farbe sei.

Nun, das kommt darauf an, ob man nun die subtraktive oder additive Farbenlehre heran zieht. Bei der einen ist schwarz tatsächlich nichts und bei der anderen die Mischung aus allen Farben, und Weiß übernimmt immer jeweils den Gegenpol.

Weiß; die Reinheit oder FSK 0.

Mein Vater hat eine witzige Angewohnheit, dass wenn man ihn zum Beispiel fragt: „Was ist das?", „Wie funktioniert das?", oder auch einfach nur: „Darf ich etwas fragen?", meist als Antwort, wie aus der Pistole geschossen, „Gelb" kommt.

Was ich mindestens genauso faszinierend finde ist, dass es manche Völker gibt, die unendlich viele verschiedene Grüntöne unterscheiden können und auch für jeden einzelnen einen Namen haben.

Dies liegt einzig und allein an unseren unterschiedlichen Wahrnehmungen und wie diese, aus unserem Grundpotenzial, geprägt wurden.

Farbenlehre; auch etwas bei dem man sich in allerlei Hinsicht im Gedanken verlieren kann – nicht nur fachlich, aber auch.

Ausgewählte Geschichten, Gedanken und Weiteres
Teil 2

Teil 1 verpasst? Finden Sie bestimmt noch in gedruckter oder gesprochener Form.

Wenn die Lichter ausgehen

Wenn die Lichter ausgehen
Dann ist nichts mehr zu sehen
Gilt das nur für mein Zimmer?
Oder am Ende gar für immer?

Was ist die Ewigkeit?
Was ist das was bleibt?
Kann man in die Ferne schweifen?
Kann man sich das leisten?

Wenn die Lichter ausgehen
Dann ist nichts mehr zu sehen
Gilt das nur für mein Zimmer?
Oder am Ende gar für immer?

Was kommt danach?
Liegt alles dann nur brach?
Wird es da noch was geben?
Vielleicht sogar wiederauferstehen?

Wenn die Lichter ausgehen
Dann ist nichts mehr zu sehen
Gilt das nur für mein Zimmer?

Oder am Ende gar für immer?

Der Schnüffler und ich

Ich kam gerade aus der Psychiatrie. Vier Wochen Geschlossene. Kam ich doch nun endgültig mit meinem Leben nicht mehr klar und wollte somit selbiges beenden. Überdosis Tabletten. Allerdings rechnete ich nicht damit, dass mein Körper dieses so gut wegsteckte und wurde somit rechtzeitig gefunden, um mein Leben eben doch weiterzuführen.

Nun nehme ich mein Schicksal wieder an und versuche wieder zu jeder Zeit, in jedem Moment, einfach das Beste zu geben und zu machen, was ich halt kann.

Das tat ich vor meinem Suizidversuch auch, solange ich denken kann, allerdings wurden es irgendwann zu viele Ereignisse die ich erlebte, die andere, laut eigener Aussage, nur aus dem Fernsehen kennen.

Scheinbar war ich ein Magnet für solche Ereignisse. So wurden sogar oft scheinbar kleine belanglose Dinge, wie einfach nur Einkaufen, zur Post gehen oder so was, zu Geschichten und Erlebnisse, die kaum jemand glauben konnte.

Mit Frauen war es nicht anders. Meine bisherigen Beziehungen liefen immer alles andere als normal ab.

In manche Situationen ist man oft einfach so hinein gerutscht. Doch auch durch meine angeborene extreme und polarisierende Art, habe ich immer mehr solche

Situationen herbei gerufen, ob gewollt oder nicht, bis es mir eben zu viel wurde.

Doch jetzt bin ich wieder bereit und auch stabil genug, um eben dieses Schicksal und dieses Leben wieder anzunehmen und weiterzuführen.

Es sind nun exakt neu Tage vergangen, dass ich wieder körperlich und auch geistig fit genug durch die Straßen laufen kann.
Ich genieße alles was ich sehe und spüre und versuche alles ganz und intensiv wahrzunehmen: Die Wolken am Himmel, das Zwitschern der Vögel, der Wind, auch jedes Motorengeräusch oder herumfliegender Dreck; alles hat seinen Platz.

Plötzlich fällt mir ein Mann auf, der für andere vielleicht total unscheinbar sein mag. Doch meine Erfahrungen und mein Instinkt sagen mir, dass ich mir ihn vielleicht einmal etwas genauer anschauen sollte. Wahrscheinlich bringt mich das nun wieder in solch eine unglaubhafte Situation, aber es ist nicht nur so, dass ich quasi diese Ereignisse anziehe, sondern sie auch förmlich gemacht zu sein scheinen. Also beobachte ich den Mann eine Weile. Dabei fällt mir auf, dass der Mann seinerseits zwei andere Männer beobachtet, die nicht weniger auffällig unauffällig sind und in der Außenanlage eines Cafés sitzen. Als diese beiden Männer aufstehen und gehen, folgt ihnen der Mann, den ich beobachte. Spätestens hier hätte wohl jeder andere das Interesse verloren und wäre seines Weges gegangen. Wie ich aber nun einmal bin, folge ich ebenfalls den Männern. Die beiden Verfolgten sind so mit sich beschäftigt, dass sie nicht merken, dass ihnen jemand auf den Fersen ist. Und der Mann, der sie verfolgt, ist seinerseits mit dem Beobachten der beiden so beschäftigt, dass er mich nicht bemerkt. Als die beiden Männer um eine Ecke in eine kleine Gasse verschwinden, folgt ihnen der andere Mann rasch. Irgendetwas sagt mir, dass ich auch etwas zügiger gehen sollte, um dem folgenden Geschehen beizuwohnen. Hier wäre wohl auch der letzte vernünftige Mensch eher in eine andere Richtung gegangen, wenn er nicht gerade Polizist oder so was wäre und meine Eindrücke gehabt hätte. Als ich nun also meinerseits um diese Ecke biege, sehe ich, wie die beiden Männer und der Verfolger sich gegenüberstehen und sich gegenseitig mit Pistolen bedrohen. Ich werde nicht bemerkt und kann dies nutzen, um mich unbemerkt hinter die beiden der für mich scheinenden Aggressoren, zumal in Überzahl, zu schleichen. Als ich direkt hinter ihnen stehe bemerkt mich der dritte Mann, lässt sich dies aber nicht anmerken, da er zu erahnen scheint, dass ich ihm helfen möchte. Durch einen starken und gezielten Tritt mit meinem rechten Bein schaffe ich es gleich beide Männer aus dem Gleichgewicht zu bringen, da sie dies auch nicht erwarten konnten. Diesen kurzen Moment nutzen der dritte Mann und ich, um die beiden zu entwaffnen und zu überwältigen. Schließlich liegen die beiden auf dem Bauch am Boden und der dritte Mann auf dem Rücken des einen und ich auf dem Rücken des anderen. Als der auf dem Rücken sitzende Handschellen zückt, um den Mann unter ihm zu fesseln, denke ich mir, dass meine Entscheidung und Handeln wohl richtig war. „Danke.", sagt er dabei zu mir. Nachdem die Handschellen sitzen, zückt er sein Handy und ruft die Polizei. Während er die ganze Situation am Telefon schildert, lässt er den Mann unter sich am Boden liegen, da dieser sich nun auch nicht mehr von dort entfernen kann. Anschließend kommt er zu mir und fesselt den Mann unter mir mit einem Kabelbinder. Daraufhin stehe auch ich auf. Nach dem Telefonat mit der Polizei und während wir auf selbige warten, beginnen wir miteinander zu reden. „Wer bist du?", fragt er mich. Ich stelle mich vor und frage ihn, in welche Situation ich mich hier überhaupt eingemischt habe. Er schildert, dass es sich bei den beiden Männern um gesuchte Räuber und Einbrecher handelt und er Privatdetektiv sei und ehemaliger Polizist, warum er sich gerne als Schnüffler bezeichnet, was einen eher leicht verruchten Tatsch mit sich bringt. Nach einiger Zeit kommt dann auch die Polizei und nimmt die beiden gesuchten am Boden liegenden und dauerhaft fluchenden Männer in Gewahrsam. Als sich die Situation auflöst, wendet sich der Schnüffler zu mir, nachdem er eine längere Zeit einem der Polizisten Report abgeliefert hat. Er fragt mich, ob wir nicht noch irgendwo einen Kaffee miteinander trinken wollen, da er gerne etwas mehr über mich erfahren möchte und wie es kam, dass ich plötzlich in der Situation da war. Gesagt, getan. Wir brauchen nicht weit zu laufen, um ein gemütliches Café zu finden. Da ich von Natur aus sehr offen, ehrlich und direkt bin, womit ich allerdings meist anecke, erzähle ich ihm alles von mir und wie ich dann auch schließlich ihm folgte und helfen konnte. Er hört mit interessiert und scheinbar fasziniert zu. „So jemanden wie dich könnte ich gut als Kollegen gebrauchen.", sagt er dann, für mich sehr überraschend, „Hättest du Lust auf so was?" Da ich ein paar Wochen vor meinem Suizidversuch unter anderem meine Arbeitsstelle verlor und ich schon immer eine Affinität zu so etwas wie Privatdetektiv und so weiter hatte, da ich schon immer dachte, dass das einfach auch zu meinen Fähigkeiten und meinem Dasein wie ich es schilderte passt, muss ich nicht lange überlegen und wir besiegeln es mit einem Handschlag. In diesem Moment klingelt das Handy des Schnüfflers. Das Gespräch dauert nicht lange und er gibt auch nur kurze und knappe Sätze von sich. Dann legt er auf und widmet sich wieder mir: „Dann würde ich sagen, das wir gerade unseren ersten gemeinsamen Fall rein bekommen haben." Ich lächle daraufhin nur freudig. Er ruft die Kellnerin um zu bezahlen. „Mein Wagen steht nicht weit von hier.", sagt er dann noch zu mir, „Ich erzähle dir alles auf dem Weg."

Kurz darauf bin ich auf dem Weg zu meinem ersten Fall als Privatdetektiv Gehilfe, um Leuten zu helfen und damit Gerechtigkeit widerfährt.

Und das alles nur kurz nachdem doch alles seinen Sinn verloren zu haben scheint.

So spielt das Leben.

Ende.

ICH – Der antriebslose Detektiv
Kapitel 1:

Der frühe Morgen

Der Wecker klingelt. Geweckt durch das nervende alltägliche Gepiepe. Meine Augen öffnen sich behäbig. Meine Hand tastet nach diesem unerträglichen Ding. Wo ist das Teil?! Argh! Ein letzter Schlag mit der flachen Hand. Erwischt! Ruhe.

Ich erhebe mich langsam aus meinem Bett, setze mich auf die Bettkante und reibe mir den Schlaf aus den Augen.

Da liegt ein Päckchen Zigaretten auf meinem Nachttisch. Jawohl, erstmal ne Kippe anzünden. Leichtes Kratzen in der Lunge. Der schöne erste Zug an einer Zigarette direkt nach dem Aufstehen.

Na gut, dann erhebe ich mich mal langsam. Ich stehe auf, gehe zum Fenster und öffne die Vorhänge. Argh, ist das hell! Diese Helligkeit tut förmlich in den Augen weh! Vorhänge wieder zu! Es ist auch so hell genug, damit ich meine Hose finden werden. Da liegt sie ja. Über die Lehne des Stuhles gehängt. Dann ziehe ich dich mal an. Oh Mann, habe ich schon wieder zugenommen? Irgendwie wird der Bund immer enger. Nun ja, dann bücke ich mich heute einfach nicht. Was soll ich mir schon wieder neue Hosen kaufen? Das passt schon. Hemd drüber, fertig.

Ich schleppe mich in die Küche und mache mir einen Kaffee. Zum Nikotin am Morgen, gehört selbstverständlich auch das Koffein.

Nachdem ich mich diesen beiden Genüssen des Lebens ausgiebig hingegeben habe, schnappe ich mir meine Jacke und verlasse das Haus.

Kapitel 2:

<u>**Im Büro**</u>

Am Büro angekommen. Endlich. Der Verkehr hat schon wieder genervt. Mir kommt es so vor, als würden immer Menschen, die sich hinters Steuer setzen, ihren Verstand, ihre Freundlichkeit und was man sonst noch so von einem Menschen erwarten würde, irgendwo auf dem Weg verloren haben.

Ich stehe vor meiner Tür. Ach was hab ich mir damals den Schriftzug an meiner Tür was kosten lassen. Und wie ehrgeizig ich damals noch war. Jimmy Johnson – Privatdetektiv – Der Mann für alle Fälle. Und jetzt stehe ich vor der Tür, suche verzweifelt meine Schlüssel in den Taschen und würde am liebsten wieder nach Hause fahren und mich wieder hinlegen. Ah, da ist er ja. Dann mal rein in die gute Stube.

Die Einrichtung ist noch so, wie ich sie mir damals gewünscht und gegönnt habe. Mittlerweile wollen nicht mal mehr Mäuse hier wohnen.

Ich gehe zu den Fenstern und öffne die Rollläden. Argh! Schön wieder dieses grelle Licht. Also entweder krieg ich es langsam mit den Augen oder die Sonne wird von Tag zu Tag heller.

Ich setze mich auf meinen alten Stuhl. Mein alter schöner Stuhl. Du hast auch schon deine besten Tage hinter dir.

Füße auf den Schreibtisch. Und nun: warten. Warten darauf, dass das Telefon klingelt oder eine hübsche Blondine hier einfällt, sich an meiner Schulter ausweint und mir ihr Leid klagt.

Mein letzter Fall ist schon zwei Wochen her. Und wirklich was eingebracht hat er auch nicht. Und langsam bräuchte ich mal wieder was in meinem Kühlschrank. Mein Magen muss sich eben genauso gedulden wie ich mich selbst gedulden muss. Aber eigentlich hab ich auch gar keinen Bock. Was mach ich hier? Fahr doch einfach wieder nach Hause. Nimm deinen Revolver, stecke eine Kugel hinein lass die Trommel drehen und schaue einfach mal, was das Schicksal sagt: Weitermachen oder Ende.

Meine Gedanken schweifen ab. Plötzlich klingelt das Telefon.

Kapitel 3:

Das Telefonat (Die geliebte Exfrau)

Ich nehme den Hörer ab. Das Ganze mit gemischten Gefühlen. Ein neuer Fall. Soll ich mich freuen? Könnte ja spannend werden. Und ich hätte was zu tun. Wieder eine Aufgabe. Und Geld. Für was zu Essen. Oder auch mal wieder ne schöne Flasche Whiskey, die ich mir schon lange nicht mehr gönnen konnte. Oder doch wieder nur eine Frau, die sich betrogen fühlt und im Endeffekt sich alles als nicht wahr herausstellt, weil der Ehemann eben doch nur länger arbeiten muss und zur angemessen Bezahlung eh kein Geld da ist und ich froh sein kann, wenn ich nicht allein beim Sprit schon drauf zahlen muss?

„Jimmy Johnson, Ihr Mann für alle Fälle, wie kann ich Ihnen helfen?", frage ich erwartend. „Du könntest dir wirklich langsam einen neuen Spruch einfallen lassen", sagt die Frauenstimme am anderen Ende. Meine Exfrau. Ich frage sie, was sie will. Ob ich noch an meine Kinder denken würde, erwidert sie. Natürlich denke ich an meine Kinder. Jeden Gott verdammten Tag. Und sie fragt sicher nicht danach, um mir mehr Besuchsrecht zu zugestehen, sondern weil sie wahrscheinlich schon wieder mehr Geld will. Und wie recht ich doch haben sollte. Ich habe doch selbst kein Geld und bin froh wenn ich eine Scheibe Käse im Kühlschrank habe. Ja, ja. Immer die selbe Leier. Und immer die selben Antworten. Toll. Und schon wieder stellt sich nicht die Frage, ob ich einen neuen Auftrag möchte, sondern dass ich einen haben muss, um ihr wieder mehr und mehr und mehr zu bezahlen und in den Rachen zu stecken, bevor sie mir wieder mit einem Anwalt um die Ecke kommt, der noch mehr und noch mehr verlangt und ich kann mir keinen eigenen Anwalt leisten, weil das würde dann auch noch mehr kosten als sie mich schon kostet. Gott! Ist ja gut. Ich sehe zu. Ja, ja. Bis bald. Ja, du hörst von mir. Du wirst mich eh vorher schon wieder damit nerven.

Ich liebe meine Kinder. Das Bild was ich von den beiden auf meinem Schreibtisch stehen habe ist auch schon so verdammt alt. Wie groß sie doch jetzt schon sind im Vergleich zu damals. Und ich würde ihnen so gerne eine bessere Zukunft ermöglichen, als sie mir zuteilwurde. Meine Gedanken schweifen schon wieder ab.

Kapitel 4:

Der Auftrag

Ich laufe in meinem Büro auf und ab, wie ein Tiger im Käfig. Ich rauch eine Zigarette nach der anderen. Die nervige Sonne strahlt nach wie vor durch das Fenster. Ich habe es halt nun mal lieber dunkel. So bin ich eben. Ich brauche noch eine Zigarette.

Da fängt das Telefon plötzlich wieder an zu klingeln. Ich unterbreche mein Umhertigern und starre auf das Telefon. Ist es schon wieder meine Exfrau? Weiter nerviges Gequatsche? Oder nun doch ein so sehr herbei gesehnter Auftrag? Ich starre darauf wie versteinert. Geh ran! Bevor es aufhört zu klingeln! Es könnte DER Auftrag sein!

„Jimmy Johnson, Ihr Mann für alle Fälle, wie kann ich Ihnen helfen?", sage ich meinen Spruch wieder schön auswendiggelernt und flüssig auf.

„Hallo?", fragt mich eine zaghafte, liebliche Frauenstimme, schon fast schüchtern, vom anderen Ende der Leitung. „Ja, was kann ich für Sie tun?", frage ich höchst motiviert. „Mein Mann wurde ermordet.", sagt die hübsche Damenstimme und fängt an leicht schluchzend zu werden. „Ist da aber nicht die Polizei dann dafür zuständig?", frage ich weiter. „Die Polizei sagt, es wäre ein Unfall und es wären keine weiteren Ermittlungen notwendig.", antwortet die liebliche Stimme. „Und warum glauben Sie dann, dass ihr Mann ermordet wurde.", ist meine nächste Frage. „Weil der Ort an dem er gefunden wurde und auch die Umständen sehr merkwürdig sind.", antwortet die Frau wieder, aber das würde sie mir lieber sagen, wenn ich doch vor ihr sitzen würde und ob ich nicht vorbeikommen könnte. Ich willige ein, schreibe mir ihre Adresse auf und mache mich auf den Weg.

Während der Fahrt blendet mich wieder die Sonne. Aber diesmal liegt es wohl auch an der schon lange nicht mehr geputzten Windschutzscheibe, die einen leichten Nikotinschleier aufweist. Und schon wieder diese ganzen anderen Verkehrsteilnehmer die wieder ihr Gehirn irgendwo vergessen haben. Egal, gleich bin ich da.

Ich fahre in eine groß ausgelegte Einfahrt, mit der Sicht auf ein prächtiges Haus. Ich stelle mein altes, fast schon schrottreifes Auto ab, gehe zur Haustür und betätige die Klingel.

Eine schlanke, kleine, zierliche Dame mit blonden Haaren öffnet vorsichtig die Tür. „Ja?", sagt ihre zaghafte, liebliche Stimme. „Mein Name ist Jimmy Johnson, Ihr Mann für alle Fälle.", erwidere ich. „Schön dass Sie da sind. Kommen Sie doch herein.", sagt sie weiter. „Danke.", erwidere ich wieder und betrete das Haus. Wir gehen in ein großes, geräumiges Wohnzimmer. „Setzen Sie sich doch.", sagt die Dame mit der lieblichen Stimme zu mir. Ich nehme auf der großen, wuchtigen Couch Platz. Sie setzt sich auf einen dazu passenden Sessel. „So.", beginne ich, „Dann sagen Sie mir mal, warum Sie mich herbestellt haben." – „Wie gesagt,", erwidert die Dame, „mein Mann ist verstorben und die Polizei geht von einem Unfall aus, aber ich bin da anderer Meinung." – „Und warum sind Sie da anderer Meinung?", frage ich. „Weil, wie ich Ihnen schon am Telefon sagte, der Ort und die Umstände seines Todes sehr untypisch für meinen Mann waren.", antwortet die Dame. „Und was war daran ungewöhnlich?", frage ich weiter. „Nun ja.", fährt die Dame fort, „Er wurde an einem FKK-Strand gefunden. Völlig nackt. Und mein Mann ging normalerweise schon ungern mit kurzärmeligen Hemden aus dem Haus." –

„Und was noch?", möchte ich weiter wissen. „Nun.", sagt die Dame stotternd, „Angeblich soll er bei einem außergewöhnlichem Sexspiel gestorben sein. Das war zumindest das, was die Polizei sagte und warum sie es als Unfall abtun. Aber mein Mann war mir immer treu und er hat mich geliebt!" Ich stutze kurz. „Wissen Sie, wer denn die Dame sein soll, mit der ihr Mann dieses angebliche Sexspiel gemacht haben soll?", frage ich dann. „Ja.", antwortet die Dame direkt, „Seine Sekretärin!" – „Als was hat denn Ihr Mann gearbeitet?", möchte ich dann wissen. „Er war ein großes Tier in einer Bank.", antwortet die Dame. „Und das alles ist nicht nur mehr als bedauerlich und tragisch, sondern auch äußerst unangenehm. Können Sie mir helfen?", fragt die Dame mich dann, nach einem kurzen Moment des Schweigens. „Ich werde mein Bestes geben.", antworte ich, noch nicht wissend, auf was ich mich eigentlich einlasse.

Kapitel 5:

Der FKK-Strand

Am nächsten Tag möchte ich erst mal den Ort des Geschehens erkunden. Ich laufe am Strand entlang, Richtung FKK-Bereich. Die Sonne blendet mich schon wieder mit ihrer Helligkeit und die Hitze ist fast nicht auszuhalten.

Im FKK-Bereich werde ich angeschaut wie ein Außerirdischer. Ist wohl auch nicht normal, dass gerade dort, ein Mann, mit altem, billigen Anzug, zwischen all den nackten Menschen herumläuft. Ich frage mich eh, was die Menschen von dieser Nacktheit haben? Ich meine, die ein oder andere ist ja zumindest schön anzusehen, aber der überwiegende Teil...? Ich meine, mich will hier sicher auch keiner freiwillig nackt rum laufen sehen? Naja, ist ja auch egal. Ich bin hier wegen einem Auftrag.

Ich befrage den ein oder anderen, ob sie vielleicht Herrn Miller, den verstorbenen Mann der Dame, die mich angeheuert hat, kennen und zeige ihnen ein Foto von ihm, was mir seine Frau dankenswerterweise überlassen hat. Bislang aber Fehlanzeige. Kein Mensch scheint hier Herrn Miller zu kennen oder ihn jemals gesehen zu haben. Das bestätigt im ersten Moment die Aussage von Frau Miller, die ja meinte, dass der FKK-Strand kein Terrain für ihren Mann war. Ich bin schon dabei aufzugeben, was das Beschaffen von Informationen hier angeht. Da erkennt doch jemanden Herrn Miller auf dem Foto. Er sei in Begleitung einer sehr hübschen rothaarigen Dame, sehr spät, als der Strand schon quasi leer war und er einer der letzten hier war und ebenfalls schon im Begriff zu gehen, hier angekommen und die hübsche Rothaarige und Herr Miller seien sich sehr vertraut gewesen, so zumindest der Eindruck.

Etwas spärlich die Informationen, aber besser als nichts und immerhin ein Anhaltspunkt.

Das bedeutet dann wohl, dass ich der Sekretärin von Herrn Miller, Frau Klein, einen kleinen Besuch abstatten muss.

Kapitel 6:

Aufsuchen der Sekretärin

Ich stehe in einem Appartement Haus, vor der Wohnung von Herrn Millers Sekretärin, Frau Klein. Ich klopfe. Die Tür öffnet sich und eine rothaarige Dame, die man durchaus als hübsch bezeichnen könnte, öffnet mir die Tür. Nachdem sie mich fragte wer ich sei und ich ihr dieses sagte und auch warum ich hier sei, bittet sie mich herein.

Wir gehen in ihr sehr aufgeräumtes und modern wirkendes Wohnzimmer und setzen uns. „Waren Sie mit ihrem Chef Herrn Miller am FKK-Strand?", frage ich direkt, nach einem kurzen Geplänkel. „Ja.", gesteht Sie zugleich. „Und was ist dort passiert?", möchte ich wissen. „Nun.", beginnt Sie leicht verlegen zu antworten, „Wir hatten eine Affäre. Und, nun ja, wir wollten uns eben ungezwungen irgendwo vergnügen. Wissen Sie was ich meine?" – „Und was ist dann passiert?", frage ich weiter. „Nun, er nahm des Öfteren Viagra, um seine Manneskraft zu stärken. Wir hatten uns für diesen Moment auch was ganz besonderes überlegt. Wissen Sie, wir mögen es eben auch gerne mal etwas heftiger, wenn Sie verstehen was ich meine. Und diesmal war es wohl zu viel und er bekam einen Herzinfarkt. Das war das, was zumindest die Polizei später zu mir meinte, als ich Sie rief, ihnen die Situation schilderte und ich befragt wurde." – „Hm.", ich bin nachdenklich. „Wusste denn die Ehefrau von Herrn Miller von ihrer Affäre?", möchte ich noch wissen. „Mit Sicherheit.", lautete die prompte Antwort von Frau Klein, „Zumindest sagte er mir, dass er es seiner Frau gestanden hat und sich scheiden lassen wolle."

Ich bin und bleibe nachdenklich, verabschiede mich und entschließe mich Frau Miller am nächsten Tag nochmal zu besuchen.

Kapitel 7:

Das Geheimnis wird gelüftet

Am nächsten Tag stehe ich also wieder vor dem Haus der Millers.

Die Sonne brennt schon wie am Tag zuvor vom Himmel und zwingt mich die Augen zuzukneifen.

Frau Miller öffnet mir die Tür. Ich sage ihr, dass ich Neuigkeiten hätte. Sie bittet mich herein. Wir gehen wieder in das große Wohnzimmer und setzen uns.

„Nun, Frau Miller.", fange ich an, „So wie es aussieht, war wohl doch alles ein Unfall." – „Was wollen sie damit sagen?", entgegnet mir Frau Miller, deren Stimme sich nun gar nicht lieblich anhört. „Nun.", fahre ich fort, „Ihr Mann hatte wohl doch ein Verhältnis mit Frau Klein und sie scheinen dies auch gewusst zu haben. Und es spricht nun mal alles für einen Sexunfall." Plötzlich springt Frau Miller auf und faucht mich an: „Sie verdammter Idiot! Ist denn hier jeder zu blöd um zu erkennen, dass das kein Unfall war?!" Ich bleibe verdutzt sitzen und höre weiter zu. „Sehe ich denn wirklich so dumm aus?! Wirke ich auf Sie wirklich so naiv?!", schreit Frau Miller weiter, „Natürlich habe ich es gewusst! Und ich hätte es auch gewusst, wenn er es nicht gestanden hätte! Ich bin eine Frau Gott verdammt noch einmal! Und ich lasse mir doch nicht von so einer daher gelaufenen Schlampe meinen Mann wegnehmen! Aber er wollte es ja nicht anders! Also habe ich seine potenzsteigernden Mittelchen gegen andere Präparate ausgetauscht, die noch mehr das Herz belasten und an denen er verrecken sollte! Er sollte für seinen dauerhaften Egoismus büßen! Und die Polizei hätte eigentlich direkt herausfinden müssen, dass das kein Unfall ist und hätten diese Schlampe einsperren sollen, damit sie auch ihr Fett weg kriegt! Und als die zu blöd waren, kam ich zu Ihnen! Aber Sie sind ja auch nur ein Trottel! Der dümmste Detektiv den ich kenne!"

Ich hole langsam mein Handy aus der Tasche und verständige die Polizei.

Kurz darauf ist diese auch schon da und nehmen die geifernde und spuckende Frau Miller mit. Während der Festnehme, als Frau Miller immer weiter spuckt und mit den Füßen auftritt, rutscht ihr sogar die blonde Perücke vom Kopf.

Und ich, tja, das Geld für diesen Auftrag kann ich dann damit vergessen und auf den Unkosten bleibe ich auch sitzen. Und mein Kühlschrank ist immer noch leer. Und diese doofe Sonne blendet mich auch schon wieder. Und mein Handy klingelt. Meine Exfrau. Na toll…

Ende

Fazit

Ist es noch zu früh für ein Fazit? Wenn Sie eins oder gleich mehrere ziehen möchten, tun Sie sich bitte keinen Zwang an. Jede Geschichte und eigentlich zugleich alles berührt oder macht zumindest irgendetwas mit uns, denn das macht uns zum Menschen.

Jetzt Fallen mir wieder die ganzen Tiere ein die ich sehe, wenn ich durch den Park spazieren gehe. Eichhörnchen, Enten, viele Arten von Vögeln, Nutrias, gerne auch Albino, und natürlich aber auch den ein oder anderen spazierengehenden Hund oder auch mal eine streunende Katze aus der Nachbarschaft.

Wie ich darauf komme? Wenn man sich als Mensch schon fragt, wie ich als Mensch so empfinde, wie ist das denn für solch Lebewesen? Aber auch gerade zu diesem Thema gibt es ja viele Quellen die super über Tiere und ihre Wesen erzählen können.

Wissen Sie denn, welches Genre meine ersten niedergeschriebenen Geschichten hatten und von welchem gleichen Genre ich noch nie eine Geschichte veröffentlicht habe? Western. Lust auf eine Prämiere?

Der Western

Ein Gedanke verpufft.

Einer geht, einer kommt, einer verweilt.

Kirschduft liegt in der Luft.

Nichts ist für die Ewigkeit,

und doch schon immer da.

Lang davor und weit danach.

Dies ist nur unsere Gegenwart.

Der Gedanke liegt brach.

Alles ist Relativ.

Zeit und Raum.

Positiv wie Negativ.

Auch das Alter von einem Baum?

Noch mehr Gedanken.

Keine Lust sie zu fangen.

Mein Zug fährt auf den Schienen,

gehen Süden.

Verspätung nach Zeit gemessen.

Eh vergessen.

Mein Pferd.

Mein armer alter Gaul.

Zuletzt kein Wert.

Nun schon faul.

So warte ich auf den Zug.

Die Gedanken doch relativ frisch noch sind.

Ist doch dieses Erlebnis auch erst jetzt nicht mehr Trug.

Bin ich schon so alt wie ein Baum im Wind?

Das Gewehr hat auch schon viel gesehen.

Sah schon lange kein Ziel.

Was geschehen soll, soll geschehen.

Wann komm ich an mein Ziel?

Hab ich´s überhaupt noch im Sinn?

Und macht es den denn noch?

Frage her, Frage dahin.

Ich lebe noch.

Zwischenruf

Ich weiß nicht ob Sie das kennen, aber ich kann es nachempfinden, wenn jemand sagt dass er das Gefühl hat, dass sein Körper gleich einfach nur noch zu Staub zerfällt. Mein Gehirn denkt sich dabei dann immer so Sachen wie, dass dann ein Außerirdischer vorbei kommt, fragt ob man die Asche rauchen kann und davon high wird und entschließt sich dann die Asche durch die übergroße Nase zu ziehen. Wenn wir daraus jetzt aber eine Westerngeschichte machen wollen, wird diese wohl ziemlich spacig.

Kommen wir vielleicht doch lieber zu einer in zumindest gewisser Art realeren Westerngeschichten wenn es denn dann auch um mich gehen soll.

Haben Sie schon einmal ein Drehbuch selbst gelesen oder auch vorgelesen bekommen? Hier gebe ich Ihnen zumindest die Gelegenheit dazu. Der Inhalt ist das Original Drehbuch zu meinem Abschlußfilm als Mediengestalter Bild und Ton, welches bis dato aber noch nicht weiter veröffentlicht wurde.

Drehbuch: *Das Duell*

Personen:

Mann1

Mann2

Szene1[s/w]:   *Damals*
Innen

Aufblende

Man sieht einen Revolver auf dem Tisch liegen.

Die Kamera zoomt auf. An dem Tisch steht ein Mann und ein weiterer sitzt.

MANN2

Das hört sich gut an. Da kann einiges dabei
rausspringen.

MANN1

Und, bist du dabei?

MANN2

Natürlich.

Die beiden Männer geben sich die Hand.

Schwarzblende

Szene2[s/w]:   *Was*   *dann*   *passierte*
Innen / Außen

Man sieht den Mann, der eben an dem Tisch saß, wieder an diesem sitzen und Geld zählen.

MANN2 *(lachend)*

Was für ein Trottel.

Nun sieht man das Gesicht des anderen Mannes.

MANN1 *(ernst)*

Irgendwann wirst du dafür bezahlen,

dass du mich gelinkt hast.

Schwarzblende

Szene3: *Face* *to* *Face*
Außen / Tag

Musik beginnt.

Anschließend sieht man die Sonne mit Titeleinblendung.

Die beiden Männer stehen sich nun Gesicht an Gesicht gegenüber.

MANN1

Du wusstest, dass ich dich finden würde.

MANN2

Lass es uns hinter uns bringen.

MANN1

Ein für alle Mal.

Die Männer laufen weg von einander und stellen sich dann mit ein wenig Entfernung gegenüber auf. (verschieden Einstellungen)

Splitscreen: Beide Männer frontal; Gesichter; Revolver

Mann1 ist im Bild.

MANN1

Jetzt wird abgerechnet.

MANN2

Ich hätte dich damals gleich umlegen sollen.

Beide Männer ziehen.

Es erfolgt ein Schusswechsel.

Mann2 ist getroffen, spuckt Blut und bricht zusammen.

(verschiedene Einstellungen)

MANN1 (lächelnd)

Niemand haut mich ungestraft übers Ohr.

Mann1 pustet am Lauf des Revolvers und steckt diesen dann wieder weg.

Schwenk auf die Sonne.

Abblende / Musik ende

Special Thanx

Ende

Das Western Element

Im Western war das ganz einfach: Ich bin zwar auch ein Arschloch aber du bist schlecht; ich schieß dich übern Haufen, aber damit es fair bleibt kriegst du auch deine Chance; mal sehen was passiert; kommen deine Jungs, wer anderes mischt sich ein, oder ein Meteor fällt vom Himmel, dann ist jeder für sich.

Ganz gut lässt sich das auch mischen mit mythischen Dingen, zu denen allein die Urstämme genug dazu beigetragen haben und was man mit Ihnen assoziiert oder auch einfach assoziieren kann.

Auch Alienbegegnungen haben sich bewährt. Hier liefern geradezu die alten ägyptischen Gottheiten, so wie aber auch die Mysterien um Pyramiden und Mumien tolle Vorlagen, die ja natürlich jeder aus der Geschichte kennt. Tun Sie nicht? Macht nix.

Dieses alte „komm wir spielen Cowboy und Indianer" gehört natürlich in jeder Hinsicht zu jeder Dekade an seinen dann zugewiesenen Platz.

Dinge, welche sich als Grundelement für viele Geschichten und damit natürlich auch Western eignen, sind zum Bespiel Rache, krumme Geschäfte, Loyalität und so weiter.

An dieser Stelle kommt mir ein Lied in den Sinn, welches ich schon vor langer Zeit gedichtet habe. Allerdings passt es eigentlich zumindest von der Umgebung und der Technik her gar nicht in einen Western und irgendwie doch. Und mittlerweile ist es nun auch schon selbst so alt, dass so manch einer den ein oder anderen Seitenhieb gar nicht mehr zu verstehen mag.

Schuldiggesprochen

Ich kann mich nur noch verstecken

Denn das Gericht hat mich schuldiggesprochen
Nun müsste ich in den Knast
Aber ich glaube da hätt´ ich nichts verpasst
Drum gehe ich nun ins weite Land
Hab mein Haus und Hof hinter mir verbrannt
Es gibt kein Zurück
Auf ins neue Glück
-

Nun bin ich weit von Zuhaus entfernt
Meine Eltern haben mich auch schon enterbt
Keine Sau kennt mich hier
Das ist nun mein neues Revier
Weit weg von allen Strafen
Jetzt kann ich auch wieder schlafen
Plötzlich klingelt´s an der Tür
Was wollen die denn hier?
-

Sie haben mich gefunden
Wäre ich doch lieber mal ertrunken
Sie führen mich ab im alten Grün-Weiß
Ich denk mir nur „Was ein Scheiß"
Nun sitz ich hier hinter Stäben
Kann nur noch beten
-

Zehn Jahre später
Komm ich wieder raus
Doch was soll ich hier
Ich kenn mich nicht mehr aus
Ich geh erstmal in die Kneipe

Und sauf mir dort einen an
Da kommt so ein Typ
Und mach mich ganz blöd an
Ich kann´s mir nicht verkneifen
So lächle ich ihm ins Gesicht
Und nun steh ich plötzlich
Schon wieder vor Gericht

Zweites Fazit
Ist dies nun eine Abhandlung über Western? Haben Sie schon ein Fazit bis hierhin gefunden? Gibt es neue Schlüsse, Meinungsänderungen, andere Sichtweisen oder ähnliches?

Ich bin bereit fürs Leben.

Aber auch bereit zu sterben.

Wer soll mir diese Bereitschaft nehmen?
-
Manchmal kommt es mir so vor,

als wäre das Leben nur eine Art Traum,

welcher mir geschenkt wird.

Ganz am Anfang des Buches kam das Thema Geld als Menschenerfundene Sache auf, auch im Vergleich zu dem Thema Zeit. Zumindest nahm dies alles hier dort seinen Ursprung. Auch wenn es zugleich das einzig gesagte beziehungsweise geschriebene Wort zu diesem Thema ist.

Dem Thema Geld haben sich noch vor der eigentlichen Erfindung viele zugewandt. Auch ein guter Stoff für Western, wenn es doch gleich um Beute, Betrug, Grundstück, Öl geht.

Rache ist egal aus welchen niederen Beweggründen auch immer ein gutes Thema für diverse Geschichten.

Rache

Aggression

Wut

Verzweiflung

Tat

Sind dies Begriffe, welche Gefühle, oder auch einfach Ihre eigenen Reaktionen dabei aus Intuition, oder gar weiterführende Gedanken bei Ihnen hervorrufen? Alles Themen die schon tausendmal erzählt wurden, in den erdenklichsten Arten und Weisen. Ist das zu bewerten? Kann man das bewerten? Wenn ja, in was? Gut oder schlecht? Verständlich oder abschreckend? Alles kennen, oder auch nicht, und alles was gegeben ist radikal akzeptieren. Völliger Gehorsam? Nein. Gehirnwäsche? Weiterentwicklung? Das Selbst finden. Das Leben verstehen; vielleicht. Sinn und Unsinn von noch viel viel mehr als menschlichen Schicksalen.

Ein weiteres Element

Ich mache mal einen Schwenk und möchte Ihnen nun eine Brandneue Geschichte von mir präsentieren, welche man im Genre Western ansiedeln kann und aber auch als weiteres Element meiner Science Fiction Mini Trilogie „Geschichten über Bilder, die sind, waren und immer sein werden."gesehen werden darf.

Eine alte Indianer Weissagung über einen weißen Büffel heißt, wenn dieser sich wieder als Führer der Rinder blicken lässt, so bedeutet dies, dass in naher Zukunft auch die alten Götter wieder zur Erde kommen werden.

Alle in Westwood Pikes kennen diese Sage. Und so ziemlich jeder hat seine ganz eigene Meinung, was dies zu bedeuten mag. Das Thema als solches wurde nur jetzt noch intensiver, da erst kürzlich ein Farmer einen starken weißen Büffel am Horizont gesehen haben mag. Jeder tuschelt seitdem sein eigenes Wissen und sein eigenes Denken von Ohr zu Ohr.

Die Ältesten der Indianer, unter Führung des Großen Schamanen, kommen zusammen, um während einer Friedenspfeife mit den Göttern und denen auf der anderen Seite in Verbindung zu treten. Hat sich doch auch bei ihnen eine scheinbare Ankunft des weißen Büffels schon herum gesprochen.

In Westwood Pikes tuen sich dagegen mittlerweile einzelne Stimmen auf, Jagd auf den weißen Büffel zu machen. Die Stimmung ist aufgeheizt, ohne scheinbaren Grund schreien sich die Leute an und werden aggressiv und im Endeffekt geht es immer mehr nur um dieses eine Thema. Selbst wenn die Menschen einer Meinung sind, brüllen sie sich diese gegenseitig ins Gesicht und fletschen dabei die Szene wie scharfe Hunde. Keiner ist davon verschont; Alte, Junge, Männer, Frauen; keinen lässt es kalt.

Es ist eine klare Nacht. Die Sterne am Himmel leuchten stark.

Erst gestern mag wieder jemand den weißen Büffel gesehen haben.

Ratlosigkeit und Schlaflosigkeit in Westwood Pikes.

Die Indianer betreiben noch weiter ihre Zeremonie; selbst wenn dies noch drei bis vier Tage andauern würde; es dauert eben solange wie es dauert.

Seltsame Lichter scheinen zwischen den Sternen in der Dunkelheit zu leuchten. Sie stehen nicht still. Ist das ein einziger Lichtstrahl oder Punkt, oder sind es mehrere Objekte, die sich scheinbar wie ein Schwarm, wie Eins zu bewegen scheinen. Was ist das? Sehen das alle? Wer ist noch wach? Wer schaut auch in den Himmel? Hat das was mit dem weißen Büffel zu tun; mit der Wahrsagung? Und wenn ja, soll dies nun gut oder schlecht sein? Kann doch keine Gewissheit herrschen, solange nicht erkennbar etwas passiert.

Eine Familie in Westwood Pikes, Familie Forst, ist bekannt dafür, dass sie ihre ganz eigene Meinung zu den Sagen und Mythen der alten Götter hat; soll es doch in der eigenen Familiengeschichte Belege und Beweise geben, dass eben jene Familienvorfahren auch schon Kontakt zu den alten Göttern hatten; was natürlich auf verschiedenste Arten von Skepsis bei den Mitbürgern stößt.

Unter den Beweisen des Kontakts von Familienangehörige der Familie Forst und andersartigen Wesen aus einer scheinbar anderen Welt befinden sich nicht nur Manuskripte, sondern wohl auch der ein oder andere Gegenstand, wie zum Beispiel eine ganz dünne Platte, welche im Licht schimmert und aus unbekanntem Material gefertigt sein soll.

In Westwood Pikes gab es auch schon das Phänomen, dass rosafarbene, Pudding artige Stückchen vom Himmel gefallen sind, was ebenfalls auf eine Wiederkehr der alten Götter schließen soll. Und die meisten dieser rosa Puddingklekse landeten auf dem Grundstück der Familie Forst.

Der Jüngste der Familie Forst, Benjamin Forst, bald aber selbst schon ein richtiger Mann, hört im Saloon eine Unterhaltung einer kleinen Gruppe Männer. Der weiße Büffel muß geschossen werden, damit endlich wieder

Ruhe ist. Benjamin ist nicht ganz dieser Meinung und belauscht, welche Pläne die Männer haben, um den Tier an den Kragen zu gehen.

Die Kontaktanfragen ans Übersinnliche der Ältesten der Indianer und deren Schamane scheinen unbeantwortet zu bleiben. Es wirkt, als mache sich eine Art Ratlosigkeit unter ihnen breit. Würde sich doch der weiße Büffel doch nun auch endlich offensichtlich als Anführer der Rinder zeigen.

Eine weitere klare Nacht.

Plötzlich zischt ein großer Feuerball durch den Himmel.

Die Indianer, die zu dieser Zeit nicht schon schlafen, sehen den Feuerball am Himmel. Nun doch noch das ersehnte Zeichen auf die alten Götter?

Auch alle wachen Einwohner von Westwood Pikes schauen gehen Himmel, als der Feuerball krollend über ihrer Stadt durch den Himmel reist.

Auch Benjamin Forst sieht den Feuerball.

Am nächsten Tag, als er durch die Straßen der Innenstadt zieht, scheint jede sich unterhaltende Seele nur dieses eine Thema zu haben. Der Feuerball am Himmel in der Nacht.

In der Nähe der Kirche hat sich eine kleinere Gruppe versammelt. Deren Deutung des nächtlichen Phänomens:

„Das ist der flammende Schweif des Feuerschwertes Jesu, der zurückkommt und uns alle richten wird!"

Leichte Panik scheint sich in der Stadt breit zu machen.

Benjamin Forst läuft die Straße entlang zu dem etwas entlegenem Anwesen seiner Familie, als er am Stadtrand auf fünf Reiter trifft, die gerade mit Gewehren bewaffnet ihre Pferde satteln. „Schießen wir diese weiße Scheißvieh!", brüllt einer von ihnen dabei. „Yiieehaaa!"

Benjamin hält kurz inne, als er dieses Szenario sieht. Dann fällt sein Blick auf den nicht weit entfernten Saloon. Sofort begibt er sich schnell dort hin. „Ich brauche ein Pferd!", ruft er als er in den Saloon hinein rennt. Alle Blick im Saloon sind auf Benjamin gerichtet. „Ich brauche ein Pferd. Jetzt. Ich kann nicht sagen, um wie viel es geht, aber bitte!" Die Gäste und Bedienstete des Saloon scheinen alle wie aus Stein. Nur ein etwas älterer Mann, mit grauem Haar und Bart, angemessener Kleidung kommt zu Benjamin getreten. „Siehst du den?", fragt der alte Benjamin, während er nach draußen auf einen schwarzen großen Hengst zeigt. „Ja.", antwortet Benjamin, sich nach dem Pferd umschauend. „Wenn du ihn reiten kannst,", fährt der alte Mann fort, „reite ihn." – „Danke.", erwidert Benjamin kopfnickend und geht zum schwarzen Hengst. Der macht mit Laut und Kopfbewegungen Gästen. Benjamin leint ihn vom Pfosten, welcher extra dafür vor dem Saloon angebracht wurde. Er streichelt ihm über den Kopf und schaut ihn dabei an. Dann springt er auf und macht sich auf die Verfolgung der fünf Büffel Jäger.

Er kann die Bande am Horizont nur dank der Ebene gerade so noch erkennen. Als der aufwirbelnde Staub der Pferde vor ihm weniger wird, als diese an einem Hang ankommen, beeilt sich Benjamin noch mehr, den Hengst, der ihn sicher trägt, noch etwas schneller werden zu lassen. Etwas vom Hang entfernt verringert auch Benjamin die Geschwindigkeit wieder. Die letzten Meter zum Hang, an dem man nun auch in Sichtweite die anderen Pferde und ein paar Männer erkennt, geht Benjamin zu Fuß und schickt den Hengst mit einem Klaps wieder nach Hause. Die fünf Männer scheinen so mit sich beschäftigt, dass sie Benjamin bis hierhin noch nicht bemerkt haben, selbst als er immer näher in ihren Rücken kommt. An ihnen vorbei geblickt, sieht man wieder in etwas Entfernung, aber in guter Sicht, einen prachtvollen weißen Büffel.

Die fünf Männer schätzen ab, ob die Distanz für einen gezielten und tödlichen Gewehrschuß geeignet ist.

Benjamin schleicht sich weiter an.

Die Männer entscheiden, dass ihr sicherster Schütze einen gezielten Schuß probieren soll.

Immer noch steht der weiße Büffel majestätisch und ruhig mitten in der Ebene.

Der Schütze zielt.

Da wird er von hinten gepackt.

Ein Schuß löst sich, der das Tier trifft, aber nicht tödlich.

Der Schütze findet sich mit Benjamin Forst ringen. Zwei Kumpanen kommen ihm zur Hilfe.

Die anderen beiden schießen nun was sie nur können mit ihren Gewehren auf den weißen Büffel, der sicher nun mehr als nur einmal verletzt wurde, aber dennoch jetzt mit starkem Tritt davon zu traben beginnt.

Benjamin wird niedergeschlagen.

„Das Vieh ist weg.", sagte einer der beiden Männer, die noch versuchten das Tier zu töten. „Wie schwer wir ihn erwischt haben kann ich nicht sagen."

„Das ist doch der dumme Jungsproß von den Forsts!", erkennt einer der Männer.

Der, der als Schütze auf den Büffel erkoren war, zieht seinen Revolver, bückt sich zu dem blutend auf dem Boden liegenden Benjamin und hält diesem die Waffe an die Schläfe. „Lass dich nie wieder in Westwood Pikes blicken! Oder es ist das letzte was du tust!", zischt er mit schrägem Blick, „Du hast dort nichts mehr zu suchen und zu finden! Hast du verstanden?!" Benjamin nickt verängstigt. „Gut.", sagt der Mann und steht nach letztem drohenden Blick auf und steckt den Revolver weg.

Ohne weitere Worte satteln die fünf wieder und reiten davon Richtung Westwood Pikes.

Benjamin schaut ihnen, sich noch etwas sammelnd, hinter her.

Etwas später läuft Benjamin erschöpft zurück, zu seinem Wohnhaus.

Schon aus der Ferne erkennt er, neben der Stadt eine Rauchsäule aufsteigen, welche von hohen lodernden Flammen hervorgerufen wird.

Nach kurzem Innehalten, legt Benjamin nun einen Schritt zu, um zu seiner Familie zurückzukehren; ahnt er doch schlimmes.

Als er an seinem Familienanwesen ankommt, sieht er, wie das ganz Wohnhaus in Flammen steht. Er rennt zur Vordertür. Vor der großen Treppe die zum Eingang führt liegt sein Vater; erschossen. Auf der Treppe liegen seine Mutter und seine Großmutter; ebenfalls tot. Das Haus beginnt schon langsam in sich zusammenzubrechen auf Grund des alles zerstörenden Feuers. Schock und Trauer überkommen Benjamin: Was soll er tun? Er wirft einen Blick zur nahegelegenen Stadt. Rache? Dafür ist er nicht der Mensch. Es ist wie es der Mann, der den weißen Büffel schießen wollte und ihm dann so Angst machte, sagte: Hier ist nichts mehr für ihn. Benjamin rennt zur Koppel, in der die Pferde seiner Familie stehen. Er öffnet diese und lässt die panischen Tiere frei. Eines der Pferde nimmt er, schwingt sich darauf und gibt ihm die Sporen, um einfach nur so weit er von dem Gaul getragen werden kann, von hier weg zu kommen.

Er ist nun schon eine ganze Weile geritten. Das Tempo des Pferdes ist nun langsamer, schon scheinbar gemächlich. Die Stadt ist schon nicht mehr zu sehen; ebenso wenig das verheerende Feuer, welches von Menschenhand, ihm alles nahm. Gedanken kreisen um seine tote Familie. Doch der größte Schock, Wut und alles was dies mit sich bringt scheinen überwunden.

Als er weiter durch die Ebene reitet, findet er ein weiteres Opfer der Männer, die mutmaßlich auch seine Familie töteten: Der weiße Büffel liegt tot in rotem Blut auf der Erde.

Benjamin reitet weiter.

Plötzlich sieht Benjamin eine silberne Scheibe, scheinbar lautlos, aber mit hoher Geschwindigkeit, durch den Himmel surren. In den nicht weit entfernten Gebirgen scheint sie zu landen. Benjamin ist durch diese Erscheinung leicht verwirrt, beschließt aber dem nachzugehen und reitet Richtung Gebirge. Dort angekommen steigt er von seinem Pferd und macht sich ans Klettern. Nach einigen Metern kommt er an einen Vorsprung. Dort sieht er ein paar Indianer, die drei kleinen grauen Kreaturen gegenüberstehen. Benjamin weiß nicht, ob er das was er sieht glauben darf. Die Indianer scheinen sich mit den kleinen grauen Wesen zu unterhalten, obwohl kein Wort fällt und die kleinen grauen Wesen wohl nicht einmal so etwas wie einen Mund haben. „Hab keine Angst Benjamin.", hört er plötzlich eine Stimme, allerdings ohne das etwas gesprochen scheint, sondern die Stimme direkt in seinem Kopf zu sein scheint. Er dreht sich um. Hinter ihm steht nun ein weiteres dieser kleinen grauen Wesen. „Komm mit.", hört er wieder die Stimme in seinem Kopf, als er das Wesen ansieht, welches nun seine Hand nach ihm streckt. Benjamin zögert. Dass er keine Angst hätte, wäre gelogen. Schließlich reicht er dem Wesen seine Hand. Dieses führt ihn daraufhin zu den Indianern und den anderen drei kleinen grauen Wesen. Die Indianer und die Wesen schauen nun alle auf Benjamin. „Wir sind traurig," hört Benjamin nun eine andere Stimme in seinem Kopf, „dass der weiße Büffel von den Menschen getötet wurde. Aber ebenso sind wir dankbar für deinen Einsatz Benjamin und bedauern auch deinen Verlust. Wir möchten dir etwas geben, was dich von nun an bis über den Tod hinaus beschützen soll." Eines der Wesen reicht ihm eine Art Talisman, der aus einem unbekannten Material gefertigt zu sein schein, den Benjamin sprachlos annimmt und sich betrachtet. Die Wesen wenden sich dann wieder den Indianern zu: „Wir wissen, so wie ihr selbst, dass alles schon geschrieben scheint und doch gibt es unzählige Varianten, die alle gleichzeitig passieren. Und auch das Ende ist geschrieben; gleich von Anfang. Und Geschichte wird sich immer wiederholen. Die Frage ist nur, in welcher Dimension und in welcher gemessenen

Zeit." Auch Benjamin hört diese Worte wieder in seinem Kopf. Der scheinbare Anführer der Indianer nickt und zeigt in den Himmel, faltet dann die Hände und verneigt sich. Ohne weitere Worte löst sich die Gruppe auf. Nur Benjamin bleibt verwirrt zurück, hält nach wie vor betrachtend und nachdenkend den Talisman in Händen und fragt sich, wie denn nun seine Zukunft aussehen mag. Als er in den Himmel blickt sieht er wieder diese silberne Scheibe, die sich durch den Himmel den Weg in die weite Ferne bahnt. Dann beschließt Benjamin ebenfalls wieder zu gehen. Die Indianer scheinen schon spurlos verschwunden. Als Benjamin den Berg wieder hinuntergestiegen ist, streichelt er sein Pferd und wirft noch einmal einen Blick in den Himmel. Dann steigt er wieder auf sein Pferd und reitet in sein weiteres Leben, wie auch immer dieses aussehen mag.

__Ende__

Da ist etwas

Es ist Nacht.

Der kleine acht jährige Jim Tucker kann nicht schlafen und liegt wach in seinem Bett.

Er lebt mit seinen Eltern Debora und Al leicht abgeschieden am Rande eines Waldes.

Jim beschließt in die Küche zu gehen, um sich ein Glas Milch zu nehmen. Milch ist gut zum Schlafen, sagt seine Mutter Debora immer. Also steht Jim auf, zieht sich seine Hausschuhe an, die vor seinem Bett stehen, und geht in die Küche.

Dazu muss er den Flur entlang, am Schlafzimmer seiner Eltern vorbei. Zum Glück liegt im Flur Teppich und so kann er leise in die Küche, ohne seine Eltern unnötig zu wecken.

In der Küche angekommen, nimmt Jim als erstes einen Stuhl und versucht ihn leise vor die Schränke zu schieben, um sich ein Glas aus den oberen Hängeschränken zu nehmen. Ganz so leise gelingt ihm dies nun nicht, aber seine Eltern wachen von den leichten Kratzgeräuschen, die der Stuhl beim Ziehen über den Boden macht, nicht auf. Als der Stuhl platziert ist, klettert Jim darauf, öffnet den Hängeschrank und nimmt sich ein Glas daraus. Dann schließt er den Schrank wieder und klettert mit Glas wieder vom Stuhl herab. Er stellt das Glas auf die Arbeitsfläche, geht dann zum Kühlschrank, öffnet diesen und nimmt sich die Milchtüte heraus. Mit dieser geht er dann zurück zum Glas und füllt sich etwas ein. Leider geht etwas daneben. Doch Jim lässt sich davon nicht beirren. Zunächst stellt er die Milch wieder zurück in den Kühlschrank, als er das Glas gefüllt hat, und holt dann etwas Küchenpapier, um die verschüttete Milch wegzuwischen. Dann wirft er das Küchenpapier nach getaner Arbeit in den Müll und nimmt dann das Glas, um endlich einen Schluck der leckeren Milch trinken zu können.

Während er trinkt dreht er sich zum Fenster der Küche, welches Richtung Wald zeigt. Und plötzlich steht nicht weit vom Haus eine riesige Gestalt. Sie ist im Dunkeln kaum zu erkennen, da sie selbst schwarz zu sein scheint. Man sieht eigentlich nur zwei rote Punkte, die die Augen zu sein scheinen. Und im Umriss scheint es, als hätte die riesige Gestalt Hörner und etwas wie eine Streitaxt in der Hand.

Vor Schreck verschluckt sich Jim, als er diese Gestalt erblickt. Er lässt das Glas fallen, was mit einem lauten Klirren auf dem Boden zerspringt. Jim Hustet laut die Milch aus seiner Lunge.

Von all dem werden nun schließlich doch Debora und Al wach. „Was war das?", fragt Debora ihren Mann. „Keine Ahnung.", antwortet dieser im Halbschlaf und dreht sich wieder um, „Schlaf weiter." – „Na du bist ja eine große Hilfe.", sagt Debora leicht angefressen und steht auf um nachzusehen, was diesen Klirren verursacht hat. Als sie das Schlafzimmer verlässt, hört sie Jim in der Küche husten. „Jim?", ruft sie leicht fragend. Sie geht in die Küche. Dort sieht sie ihren Sohn, der immer noch kräftig am husten ist. „Jim.", sagt sie noch einmal, geht zu ihrem Sohn und klopft ihm auf den Rücken. Nach ein zwei Schlägen geht es Jim wieder besser. „Du sollst doch nicht so gierig sein.", sagt Debora zu ihrem Sohn, in einem leicht freudigen Ton, dreht sich dann um und holt etwas Küchenrolle und Handfeger und Schaufel, um die Milch und die Glasscherben am Boden zu entfernen.

„Da draußen ist etwas.", sagt Jim dann leicht verängstigt. „Wo?", fragt Debora, die mittlerweile wieder bei Jim steht und schaut aus dem Fenster. „Na da draußen.", wiederholt Jim und zeigt mit dem Finger Richtung Fenster. „Ich sehe nichts.", sagt Debora ruhig. Und auch Jim muss gestehen, dass dort draußen nun nichts mehr zu sehen ist, außer ein paar Bäumen, deren Umrisse man leicht durch den Mondschein erkennen kann. „Das musst du dir eingebildet haben.", sagt Debora dann und beginnt den Boden zu säubern. Jim sagt nichts und schaut weiter aus dem Fenster. Vielleicht hatte seine Mutter Recht und er hatte es sich nur eingebildet. „Geh wieder ins Bett Junge und versuche zu schlafen.", fährt Debora dann fort. Jim gehorcht seiner Mutter und geht wieder nachdenklich zurück in sein Zimmer.

Als Debora den Boden schließlich gesäubert hat, geht auch sie zurück ins Schlafzimmer. Als sie sich wieder ins Bett legt, fragt ihr Mann Al, der immer noch halb wach und halb am Schlafen ist, was losgewesen sei. „Ach Jim hat nur ein Glas mit Milch fallen gelassen.", antwortet Debora daraufhin. Davon dass ihr Sohn vermeintlich etwas vor dem Haus gesehen haben mag sagt sie kein Wort. Und beide begeben sich wieder zur Ruhe.

Und Jim liegt wieder wach in seinem Bett. Ohne ein Glas Milch. Aber auch ohne den Drang, das Bett noch einmal verlassen zu wollen. Und irgendwann später schläft auch er.

Der nächste Tag verläuft ganz normal; Debora macht das Frühstück; Al fährt dann zur Arbeit; Jim kann zuhause bleiben weil Sommerferien sind; irgendwann kommt Al wieder nach Hause; dann gibt es Abendessen; anschließend schauen alle noch ein bisschen Fern; bis schließlich Jim wieder ins Bett muss.

Und egal mit was sich Jim den Tag über beschäftigt hat, ständig musste er an diese komische riesige Gestalt mit den Hörnern und der Streitaxt denken. Bis jetzt, wo er wieder in seinem Bett liegt und an die Decke starrt. War es echt nur Einbildung? Aber er konnte es doch deutlich sehen. Naja, so deutlich wie man es eben im Dunkeln mit Mondschein sehen kann. Der Gedanke an dieses Wesen lässt Jim nicht los. Es ist nicht unbedingt so als habe er Angst; mehr ist es die Neugier die Jim nicht schlafen lässt. Vielleicht ist das Wesen ja heute Nacht wieder da? Nach diesem Gedanken beschließt Jim wieder in die Küche zu gehen, um nachzusehen, ob diese Gestalt vielleicht wieder zu sehen ist.

Also steht er auf, zieht sich wieder seine Hausschuhe an und geht anschließend wieder leise über den Flur, am Schlafzimmer seiner Eltern vorbei, die natürlich beide bereits schlafen, bis in die Küche.

Vorsichtshalber lässt er das Licht aus, um vielleicht noch besser aus dem Fenster in die Nacht blicken zu können. Doch er sieht nichts. Hat er sich vielleicht doch geirrt? War es doch nur Einbildung?

Jim geht näher an das Fenster in der Küche, um mehr von der Umgebung draußen sehen zu gehen. Erst ein Stück, dann noch ein Stück und dann noch ein Stück, bis er schließlich ganz nah am Fenster steht. Er schaut sich durch das Fenster in der Umgebung draußen um. Schließlich drückt er sich schon fast die Nase platt, doch er sieht nichts.

Plötzlich schnellt von unterhalb des Fensters draußen, der Kopf der riesen Gestalt mit den Hörnern hervor. Er sieht aus wie der riesige Kopf eines Stieres, mit mächtiger Schnauze die schnauft, und eben den kräftigen Hörnern und stechend roten Augen.

Vor Schreck stolpert Jim nach hinten und fällt auf den Boden. Dabei verletzt er sich den Knöchel. Er bleibt mit Schmerzen, die ihn fast zum Weinen bringen, am Boden liegen.

Plötzlich betritt Debora hektisch die Küche, macht das Licht an und geht eilig zu ihrem Jungen, kniet sich zu ihm und fragt besorgt was los sei.

Jim muss einen Schrei losgelassen haben, als er sich erschrocken hat, der seine Eltern alarmiert haben muss, denn auch Al steht plötzlich in der Küchentür.

„Was ist denn hier los?", fragt dieser. „Da war wieder diese Gestalt.", antwortet Jim unter Tränen vor Schmerzen. „Was für eine Gestalt?", fragt Al dann verwundert. Debora steht auf und geht zum Fenster. „Sei vorsichtig Ma!", sagt Jim, „Sie war direkt am Fenster!" – „Da ist nichts Jim.", sagt Debora und sieht sich ganz genau die Umgebung draußen an. „Was war direkt am Fenster?", fragt Al dann mit einer leicht strengeren Stimme. „Eine Gestalt Pa.", antwortet Jim, „Mit einem riesigen Kopf, wie von einem Stier mit riesigen Hörnen und Rot leuchtenden Augen." – „Ach Junge.", ist Als Reaktion darauf. „Glaub mir Pa!", sagt Jim daraufhin, „Ich habe sie gesehen." – „Du hast nur geträumt.", erwidert Al. „Nein Pa!", wird Jim energischer, „Ich habe sie wirklich gesehen. Schon zwei Mal!" – „Dann war es vielleicht ein Schatten.", erwidert Al nach wie vor ungläubig. Debora geht derweil zurück zu Jim und schaut sich dessen Knöcheln an, was Jim auch wieder von der ganzen Sache ablenkt. „Hast du Schmerzen?", fragt Debora ihren Sohn. „Ja.", antwortet dieser, nun wieder mit leicht feuchten Augen. „Wir müssen ins Krankenhaus.", sagt Debora daraufhin. „Dein ernst?", fragt Al, scheinbar leicht genervt. „Ja, mein ernst!", erwidert Debora, „Der Knöchel scheint verstaucht zu sein." – „Na schön.", sagt Al dann, „Dann ziehen wir uns mal alle an und fahren ins Krankenhaus." Er dreht sich um und geht Richtung Schlafzimmer. Und so wie er es sagte, wird es schließlich auch gemacht und die restliche Nacht verbringen Al,

Debora und Jim im Krankenhaus, die meiste Zeit wartend und schließlich Jims Knöchel verarztend.

Als die drei wieder nach Hause kommen gehen sie alle ohne weitere Worte über das Geschehene und völlig übermüdet zu Bett.

Am nächsten Morgen ist es ebenfalls sehr still am Frühstückstisch; dann fährt Al zur Arbeit; Debora macht den Haushalt und hält alles sauber und schön; und Jim kann durch seinen verstauchten Knöchel nicht viel tun, weil dieses ruhig gehalten werden muss, und sitzt die meiste Zeit im Wohnzimmer und schaut Trick-Serien, wobei Jim von seinen Gedanken an die riesige Gestalt mit dem Stierkopf und den leuchtend roten Augen abgelenkt wird; und am Abend als Al wieder nach Hause kommt und zu Abend gegessen wird, wird wieder nicht wirklich viel gesprochen; und dieses Mal gehen alle kurz nach dem Abendessen schon zu Bett.

Mitten in der Nacht wird Jim von einem lauten, unheimlichen und angstmachenden Kratzen geweckt. Seine Augen schnellen auf und seine Ohren versuchen zu deuten von wo das Kratzen kommt.

Das Kratzen scheint aus Richtung der Küche zu kommen.

Jim überlegt kurz und dann siegt die Neugier, um das Kratzen zu erforschen. Er steht auf und verlässt sein Zimmer.

Ganz leise geht er wieder am Schlafzimmer seiner Eltern vorbei, die das Kratzen scheinbar noch nicht wahrgenommen haben und tief und fest schlafen.

Als Jim an der Küche angekommen ist, bleibt er kurz am Türrahmen stehen, atmet tief durch und schaut dann langsam um die Ecke in die Küche. Das Kratzen scheint aufgehört zu haben und auch ist in der Küche nichts zu sehen. Jim betritt diese und macht das Licht an, um mehr zu sehen. Doch das Kratzen ist wirklich verschwunden und auch sonst sieht Jim nichts ungewöhnliches, als er sich in der Küche umsieht.

Jim geht die ganze Küche ab, bis zum Fenster. Dort schaut er hinaus, um zu sehen, ob er was sieht. Und tatsächlich, er sieht am Waldrand wieder diese Gestalt, mit dem Kopf eines Stieres und den stechend roten Augen stehen. Die Gestalt scheint auch ihn zu sehen und sie schauen sich eine ganze Zeitlang an. Und auch wirkt es, als bräuchte Jim keine Angst zu haben, denn er hat auch keine. Doch plötzlich rennt die Gestalt weg. Jim überlegt was er tun soll. Soll er nichts tun und einfach wieder ins Bett gehen? Soll er seine Eltern wecken, die ihm ja aber doch nicht glauben? Und im Endeffekt siegt wieder die Neugier und so geht Jim aus der Küche heraus in Richtung Hintertür. Auf dem Flur schaut er sich noch einmal um in Richtung des Schlafzimmers seiner Eltern, die immer noch tief und fest zu schlafen scheinen. Schließlich öffnet Jim die Tür und schaut vorsichtig hinaus. Es ist nichts zu sehen. Jim verlässt das Haus und geht Richtung Waldrand, wo er die

Gestalt wegrennen sah. Mit jedem Schritt wird Jim mutiger und bestärkter in seinem Vorhaben, die Gestalt ganz nah zu sehen und zu erfahren, was sie will und warum sie weggerannt ist. Während Jim so nachdenkt geht er immer weiter, bis tief in den Wald hinein.

Am nächsten Morgen wundert sich Debora, als sie verschlafen, im Morgenmantel das Schlafzimmer verlässt, warum die Hintertür am Flurende offen steht. Sie geht zur Tür, schaut kurz hinaus und schließt dann die Tür, als sie nichts Ungewöhnliches sieht. Instinktiv geht sie dann in Jims Zimmer, um mit Entsetzen festzustellen, dass ihr geliebter Sohn nicht da ist. Direkt rennt sie wieder ins Schlafzimmer, um ihren Mann zu wecken.

Noch am selben Tag wird eine großangelegt Suchaktion nach Jim gestartet, mit mehreren Polizisten und Freiwilligen, doch die Suche bleibt leider Erfolglos und Jim bleibt für immer verschwunden.

Auch die Gestalt wurde nicht mehr gesehen. Zumindest nicht hier.

Ende

Moderne Western

Die Grundelemente für einen Western und andere Geschichten hatte ich ja quasi schon genannt. Diese Themen unterliegen, wie auch das gern genommene

Thema Liebe, so gesehen weder zeitlicher, örtlicher oder sonstiger Beschränkung, wenn man eine Geschichte erzählen mag.

Eine Westerngeschichte in die etwas modernere Zeit versetzt, könnte eventuell so aussehen, wie meine nachfolgenden Geschichten.

Die Aufmüpfigen
Kapitel 1:

An der Theke

Es ist spät in der Nacht. Simon steht an der Theke der Bar, in der er Rick kennengelernt hat. Theoretisch ist es kurz vor Ladenschluß. Außer Simon befinden sich nur drei weitere Männer am anderen Ende Theke, die schon stark betrunken sind, der Barkeeper, der die letzten Gläser wegräumt, und in einer Ecke ein Mann der noch sein Bier austrinkt. Ansonsten ist die Bar leer.

Einer der drei Männer starrt Simon die ganze Zeit an. Simon schaut kurz hin und dann wieder weg. Der Typ klotzt weiter.

Der Barkeeper stellt Simon noch einen Drink hin.

„Sag mal,", fragt Simon dabei den Barkeeper, „hat der Typ da irgendein Problem, oder warum klotzt der die ganze Zeit hier rüber?"

„Ob du es glaubst oder nicht,", antwortet der Barkeeper, „der hat wirklich ein kleines Problem. Der hat irgendeinen psychischen Knacks. Vielleicht hast du irgendwas an dir, was in dem seinen Gehirn irgendetwas auslöst. Am besten du provozierst ihn nicht."

„Der soll lieber aufpassen, dass er mich nicht provoziert.", erwidert Simon darauf.

Der Barkeeper geht wieder, um die weiteren Gläser einzusammeln und Stühle zurechtzurücken.

Simon trinkt seinen Drink, langsam und genüsslich.

Der Typ klotzt Simon dabei weiter an. Und plötzlich fängt der Typ an zu Lachen.

„Was ist denn so witzig mein Freund?", fragt Simon ruhig.

„Ich bin nicht dein Freund.", faucht der Typ daraufhin Simon an.

„Sag mal,", fährt Simon dann weiterhin ruhig fort, „was für ein Problem hast du?"

„Hast du mich gerade gefragt, was für ein Problem ich habe?", giftet der Typ wieder Simon an, „Hast du mich das gerade wirklich gefragt?"

Simon dreht sich nun in die Richtung der drei Männer: „Irgendein Problem musst du ja haben."

„Ich hab gleich ein Problem mit dir du Wichser!", faucht der Typ nun richtig aggressiv.

Seine beiden Kumpel beobachten die Situation nur.

Der Barkeeper steht mittlerweile wieder hinter der Theke, in der Höhe, wo Simon sitzt.

Der Mann in der Ecke trinkt weiter an seinem Bier.

„Also schön,", sagt Simon dann, „hör zu, du willst es wohl provozieren. Dann hast du drei Möglichkeiten. Entweder stehst du jetzt auf und versuchst mir eine zu verpassen, oder wir vergessen die Sache, du machst von mir aus weiter rum und erzählst deinen Freunden, wenn du später mit ihnen nach Hause torkelst, dass du mich ja so fertig gemacht hättest, oder, du bezahlst, verschwindest, und schläfst deinen Rausch aus."

Noch bevor irgendjemand anderer was sagen kann, klingelt plötzlich Simons Handy.

Simon hebt den Finger: „Endschuldige mich kurz."

Simon holt sein Handy aus der Tasche, während alle anderen verdutzt zu sein scheinen, schaut darauf und geht dann ran.

Simon spricht mit jemanden am anderen Ende: „Ja? - … - Jap. - … - Ja kann ich machen. - … - Sofort? - … - Alles klar. Ich mach mich gleich auf den Weg."

Simon legt wieder auf und steckt sein Handy wieder weg.

„Oder die vierte Option,", sagt Simon dann wieder zu dem aggressiven Typen, „ich verschwinde jetzt einfach."

Dann dreht Simon sich zum Barkeeper: „Ich komme später wieder."

Der Barkeeper nickt. Simon steht auf und verlässt ohne jedes weitere Wort die Bar. Der Rest bleibt stumm und teils verblüfft zurück.

Kapitel 2:

Auf dem Parkplatz

Es dauert nicht lange, bis Simon mit seinem Wagen wieder zurück zur Bar gefahren kommt.

Auf dem Parkplatz steht ansonsten nur ein weiterer Wagen; ein Kombi.

Als Simon geparkt hat und aussteigt, torkeln die drei Freunde gerade aus der Bar.

Als der Typ von vorhin Simon sieht, löst er sich plötzlich von den andern beiden und stürmt auf Simon zu. Dieser weicht aus und der Mann prallt gegen Simons Wagen.

„Mach meinen Wagen nicht kaputt.", sagt Simon zu dem Typ, der sich langsam wieder aufrappelt.

„Ich mach gleich was ganz anderes kaputt.", erwidert dieser dann und zieht eine Waffe.

Da stürmt einer der beiden Kumpel auf den Typ mit der Waffe zu: „Nein, lass des sein. Steck die wieder weg."

„Lass mich!", schreit der Typ mit der Waffe aggressiv, als sein Kumpel ihn am Arm packen will.

Plötzlich löst sich ein Schuß. Der Kumpel von dem aggressiven Typen bricht tödlich getroffen zusammen.

Der Typ schreit: „Nein!"

Dann konzentriert er sich wieder auf Simon: „Sieh was du getan hast!"

Der Mann zielt wieder mit der Waffe auf Simon, doch dieser holt blitzschnell seinen Revolver hervor und erschießt den Mann.

Dann dreht sich Simon um und zielt auf den verbliebenden der drei.

„Ist das euer Wagen?", fragt Simon den übriggebliebenen Mann, mit ernster, strenger Stimme und zeigt mit dem Revolver kurz auf den Kombi.

„Ja.", antwortet der verbliebene Mann ängstlich mit zitternder Stimme.

„Dann nimm die Leichen deiner Freunde und wirf sie in den Wagen.", fährt Simon dann fort und zielt weiter auf den sehr ängstlichen Mann.

„Aber er hat die Schlüssel.", erwidert dieser zitternd und zeigt auf den tot am Boden liegenden Kumpel mit der Waffe.

„Dann such sie.", sagt Simon mit energisch wertender Stimme.

Der ängstliche Mann geht langsam zu seinem toten Kumpel und sucht in dessen Hosentaschen nach dem Schlüssel.

„Ich finde sie nicht!", sagt er panisch.

„Dann such in den Jackentaschen.", erwidert Simon bestimmend; weiterhin mit dem Revolver auf den Mann zielend.

Der panische Mann tut dies und findet dort auch die Schlüssel des Kombis.

„Jetzt öffne die Heckklappe des Wagens.", befiehlt Simon.

Der etwas erleichterte Mann geht zur Heckklappe des Kombis und diese auf.

„Und jetzt schaff die Leichen deiner Kumpels in den Wagen.", befiehlt Simon weiter.

Der Mann schaut Simon ängstlich an.

„Mach schon!", sagt Simon nun wieder energisch und zielt weiter mit dem Revolver auf den Mann.

Dieser führt daraufhin den Befehl aus und wuchtet einen nach dem anderen seiner beiden Kumpels in den Laderaum des Kombis. Anschließend macht er die Heckklappe wieder zu.

„Nun setz dich ans Steuer.", ist Simons nächste Befehl, allerdings nun wieder in einem etwas ruhigerem Ton.

Der sich nun auch langsam beruhigende Mann steigt auf den Fahrersitz des Kombis. Simon stellt sich neben die offene Tür und wirft dem Mann eine Visitenkarte entgegen.

„Fahr dort hin.", sagt Simon in einem ruhigen Ton, „Sag ein Freund von Simon schickt dich. Die machen dann schon alles. Und anschließend verschwindest du aus dieser Stadt. Und sollte ich dich hier je wieder sehen, oder sollte ich auch nur etwas von dir hören, dann war das das letzte Mal dass dich jemand gesehen, oder etwas von dir gehört hat. Und komm nicht auf die blöde Idee zu den Bullen zu fahren. Auf den Leichen sind nur deine Fingerabdrücke. Und ich war gar nicht hier. Also egal was du ihnen erzählen würdest, die würden sich erstmal an dich halten. Also mach das was ich dir gesagt habe. Hast du das Verstanden?"

„Verstanden.", erwidert der sehr eingeschüchterte Mann.

„Gut.", sagt Simon abschließend, „Und jetzt verpiss dich!"

Simon schlägt die Tür des Kombis zu.

Der verängstigte Mann lässt den Motor an und fährt davon.

Anschließend holt Simon sein Handy hervor und wählt eine Nummer, während er dem Kombi hinterher sieht.

Als am anderen Ende jemand ran geht fängt Simon an zu sprechen: „Hey Jim. Hier ist Simon. Ich habe gerade einen Typ in einem Kombi zu euch geschickt. Kümmert euch um sein Problem. Und kümmert euch auch um ihn. - … - Danke. Und wenn er in zwanzig Minuten nicht bei euch ist, ruft mich an. - … - Alles klar. Noch mal danke. Bis später."

Simon legt wieder auf, steckt sein Handy wieder weg, ebenso seinen Revolver und geht, nach einem letzten Blick die Straße entlang, zurück in die Bar.

Niemand scheint etwas mitbekommen zu haben. Niemand ist zu sehen und nichts ist zu hören.

Kapitel 3:

Einfach ignorieren

Simon stellt sich wieder an die Theke, hinter der der Barkeeper steht.

Des Weiteren ist nur der Biertrinker nun noch da.

„War da draußen irgendwas los?", fragt der Barkeeper Simon.

„Nein, nichts.", antwortet dieser, „Ich muß meine Rechnung von vorhin noch zahlen."

„Schon okay.", erwidert der Barkeeper, „Geht aufs Haus. Und die drei Arschlöcher von vorhin muß man einfach ignorieren."

Simon lächelt daraufhin: „Ich glaube nicht dass die hier noch mal Streß machen. Ich verschwinde wieder."

Der Barkeeper nickt. Simon dreht sich dann wieder um und verlässt wieder die Bar.

Der Barkeeper wendet sich dann dem Biertrinker zu, dessen Glas mittlerweile leer ist: „Möchtest du noch eins?"

„Natürlich.", erwidert dieser.

Etwas später klingelt Simons Handy wieder: „Ja. - … - Hey Jim. Habt ihr euch darum gekümmert? - … - Sehr gut. Dann nochmals danke. Wir sehen uns die Tage. Grüß deine Schwester von mir. - … - Alles klar. Bis dann."

Ende

Die Abrechnung
Bereits geschlossen

Ein Mann sitzt an der Theke der Bar und rollt einen Joint.

Außer ihm und dem Barkeeper, der neben ihm auf einem Barhocker sitzt, ist niemand mehr in der Bar.

Der Mann, der den Joint gebaut hat, zündet diesen an und zieht kräftig in seine Lungen.

Anschließend gibt der Jointbauer dem Barkeeper den Joint, der diesen entgegennimmt und ebenfalls genüsslich und stark daran zieht.

Plötzlich hört man die Tür der Bar aufgehen und wieder zu schlagen.

„Scheiße.", sagt der Barkeeper zu sich selbst, „Ich hab vergessen abzuschließen."

Dann dreht er sich in Richtung Tür: „Wir haben geschlossen(!)"

Zwei Männer in schwarzen Anzügen treten an die Theke. Einer der beiden hat lange Haare und trägt über seinen Anzug einen schwarzen Mantel. Sie stellen sich an die Theke neben den Jointbauer und den Barkeeper.

„Oh, hey Jungs.", fragt der Jointbauer leicht verblüfft wirkend, „Wie geht´s euch?"

„Den Umständen entsprechend, würde ich sagen.", antwortet der Langhaarige.

Der Barkeeper steht leicht genervt auf: „Okay Jungs, dann mach ich euch auch noch was zu trinken."

Dann geht er hinter die Theke.

Der Langhaarige beschäftigt sich weiter mit dem Jointbauer: „Was machst du da eigentlich?"

„Wonach sieht es denn aus?", entgegnet dieser.

„Gib mal her.", sagt der Langhaarige mit einer Handbewegung.

Der Jointbauer gibt dem Langhaarigen den Joint. Dieser zieht daran und wendet sich dann kurz zu dem anderen Mann.

„Ging gestern alles gut?", fragt er den zweiten Mann in Anzug.

„Ja ja, natürlich.", antwortet dieser knapp, „Sag dir später alles."

„Okay.", gibt sich der Langhaarige mit dieser Antwort zufrieden und zieht noch einmal an dem Joint.

Mittlerweile ist der Barkeeper fertig mit den Drinks und stellt vier Kurze auf die Theke: „Und jetzt trinken wir noch einen und dann gehen wir nach Hause."

Alle nehmen ihre Gläser und stoßen miteinander an. Dann kippt sich jeder seinen Kurzen in den Rachen. Anschließend stellen alle ihre Gläser fast gleichzeitig wieder auf die Theke.

Der Langhaarige gibt dann den Joint, den er noch in der Hand hat, an den zweiten im Anzug.

„Was schulde ich die für diese Runde?", fragt der Langhaarige dann den Barkeeper.

„Nichts.", antwortet dieser, „Die Letzte geht immer auf´s Haus."

Der Langhaarige nickt.

Dann wendet er sich wieder dem Jointbauer zu: „Aber du schuldest mir noch etwas."

Daraufhin scheint leichte Panik in das Gesicht des Jointbauers zu ziehen und er schaut den Langhaarigen einfach nur mit großen Augen an.

„Irgendwann musst du dafür ja eh bezahlen.", fährt der Langhaarige fort, „Für die ganzen Spielchen, die du hinter meinem Rücken treibst."

Der Jointbauer ist wie versteinert.

„Wir wollen hier drin keinen Ärger.", funkt der Barkeeper dazwischen.

Daraufhin zieht der zweite im Anzug eine Pistole und zielt auf den Barkeeper, ohne ein Wort zu sagen.

Dieser hebt die Hände hoch: „Okay ganz ruhig."

„Hast dir wohl gedacht ich würde es nicht merken?", redet der Langhaarige dann weiter, nach dieser kurzen

Unterbrechung, „Hast wohl gedacht ich würde das alles nicht mitkriegen."

Der Jointbauer ist immer noch wie versteinert und weiß nicht zu antworten.

Auch der Barkeeper verhält sich ganz ruhig, nichts ahnen was nun passieren wird.

„Du solltest dir einen Satz merken:", betont der Langhaarige und schaut dem Jointbauer tief in die Augen, „Ficke niemals einen Ficker!"

„Ich weiß nicht wovon du sprichst?", beginnt der Jointbauer sich dann stotternd zu verteidigen, „Ich war doch immer voller Respekt zu dir."

„Halt dir Klappe!", wird der Langhaarige nun wirklich aggressiv, „Soll ich dir wirklich alles haargenau aufzählen? Du weißt doch selbst welche Scheiße du getrieben hast!"

„Vielleicht muß man wirklich sein Gedächtnis etwas auffrischen.", sagt der zweite im Anzug, während er weiter mit der Pistile auf den Barkeeper zielt, „Zum Beispiel von dem Geld. Und gar nicht erst zu sprechen von Nina."

„Du musst mir glauben.", verteidigt sich der Jointbauer weiter panisch, „Das muss alles ein Missverständnis sein."

„Ich will hier keinen Ärger.", versucht der Barkeeper zu schlichten, „Bitte."

Der Langhaarige schaut den Barkeeper daraufhin einfach nur streng an.

Der Barkeeper verstummt sogleich wieder.

„Und selbst wenn du recht hast,", beginnt sich der Jointbauer um Kopf und Kragen zu reden, „was willst du tun? Mich hier und jetzt erschießen?"

„Genau das.", sagt der Langhaarige in einem ruhigen Ton und wirft seinen Blick wieder auf den Jointbauer.

Dabei greift er hinten an seinen Hosenbund, zieht einen Revolver heraus und erschießt den Jointbauer. Dieser fällt tot vom Stuhl zu Boden. Der Langhaarige schaut ihm hinterher und steckt dann seinen Revolver wieder weg.

Der Barkeeper ist entsetzt, aber es kommt kein Ton aus ihm heraus.

Der Langhaarige dreht sich wieder zu ihm: „Was?!"

„Ich äh…", versucht der Barkeeper stotternd etwas zu sagen.

Plötzlich fällt ein weiterer Schuß.

Der Barkeeper wird seitlich am Schädel getroffen und fällt ebenfalls tot zu Boden.

Der zweite im Anzug hat ihn erschossen.

Der Langhaarige schaut seinen Kollegen an. Dieser steckt seelenruhig seine Waffe wieder weg. Dann schaut er zurück.

„Warum hast du ihn erschossen?", fragt der Langhaarige nun selbst verwirrt seinen Kollegen.

„Warum nicht?", antwortet dieser nur.

Der Langhaarige kann nur mit dem Kopf schütteln.

Dann schauen beide noch einmal auf ihr Werk.

Dann drehen sie sich um und verlassen wieder die Bar.

Ende

Differenzen
Nachts auf dem Parkplatz

Es ist tief in der Nacht.

Die Straßen sind Menschen leer.

Eine alte, dezent aufgemotzte dunkel gehaltene zweitürige Limousine fährt auf den Parkplatz vor der Bar, in der und um die schon so viel Erzählenswertes geschehen ist, und parkt.
Der Motor wird ausgeschaltet und das Licht am Wagen geht aus.

Ein Mann mit Hut steigt auf der Fahrerseite aus. Der Mann schließt die Wagentür. Er richtet seinen Anzug und holt ein Etui für Zigaretten aus diesem. Dann geht er zum Kofferraum, während er sich eine Zigarette anzündet. Nach einem kurzen umblicken setzt er sich auf den selbigen und scheint auf etwas zu warten.

Aus einiger Entfernung kommt ein anderer Mann mit dunklem Kapuzenpulli und dunkler, weiter Hose angelaufen. Die Kapuze des Pullis hat der Mann über den Kopf gestülpt.

Der Mann vor der Bar sieht diesen zweiten Mann heran kommen. Der Mann im Anzug zieht noch einmal an seiner Zigarette, wirft diese dann auf den Boden und tritt sie aus. Anschließend dreht er sich in die Richtung des heranlaufenden Mannes.

Der Mann mit dem Kapuzenpulli tritt an den Mann im Anzug heran.
Beide stehen sich nun gegenüber.
„Hast du sie dabei?", fragt der Mann im Kapuzenpulli.
Der Mann im Anzug öffnet den Kofferraum seines Wagens.
Der Mann im Kapuzenpulli schaut sich nervös um. Dann schaut er in den Kofferraum, in dem sich zwei große, olivfarbene Taschen befinden.
„Gut.", sagt er, nach einem weiteren nervösen umdrehen.

Dann greift er nach den Taschen im Kofferraum, doch der andere Mann stoppt ihn und greift seinen Arm.
„Erst die Gegenleistung.", betont der Mann im Anzug.
„Ja. Okay.", erwidert der Mann im Kapuzenpulli noch nervöser wirkend, als er sowieso schon ist.

Er greift unter seinen Pulli und holt einen Umschlag heraus und gibt ihn dem Mann im Anzug.

Daraufhin will der Mann im Kapuzenpulli wieder nach der Tasche greifen doch wieder stoppt ihn der Mann im Anzug, der ermahnend den Zeigefinger hebt: „Hey(!) Tststs."

Der Mann im Anzug schaut in den ihm überreichten Umschlag: „Das war so aber nicht vereinbart."

„Das kommt noch.", sagt der Mann im Kapuzenpulli und will wieder nach den Taschen greifen, als er ein drittes Mal gestoppt wird.

„Was heißt das kommt noch?", beginnt der Mann im Anzug zu fauchen.

„Na, das kommt noch.", bekommt er erneut zu hören.

„Dann komm erst wieder, wenn das dann auch kommt!", befiehlt der Mann im Anzug und stößt den Mann im Kapuzenpulli leicht hinten vom Wagen weg.

Der Mann im Kapuzenpulli scheint noch nervöser zu werden und Blickt sich wieder hektisch um.

Dann schlägt er dem Mann im Anzug mit der Faust ins Gesicht, greift sich eine der beiden Tasche aus dem Kofferraum und fängt an davon zu rennen.

Der Mann im Anzug bleibt durch den Schlag dennoch relativ standhaft, fasst sich aber, scheinbar verwirrt, an das leicht blutende Kinn. Dann blickt er dem Mann im Kapuzenpulli immer noch leicht ungläubig hinter her. Nach diesem einen kurzen Moment der Irritation holt er eine Pistole hervor, zielt und schießt. Er trifft den Mann mit dem Kapuzenpulli im Rücken, der zu Boden fällt.

Der Mann im Anzug schaut sich um.

Nichts sieht oder hört man im Umkreis.

„Scheiße(!)", sagt er dennoch leise zu sich selbst.

Anschließend geht der Mann im Anzug zum auf dem Boden liegenden Mann im Kapuzenpulli.

Der Mann ihm Anzug kniet sich zu den anderen Mann.

Dieser röchelt.

„Mann.", sagt der Mann im Anzug, „Warum hast du diesen Scheiß gemacht?"

Der Mann im Kapuzenpulli scheint antworten zu wollen doch er röchelt nur und spuckt leicht Blut.

Der Mann im Anzug schüttelt den Kopf: „Was hast du dir dabei gedacht? Hast du echt gedacht das funktioniert? Oh Mann."

Wieder röchelt der Mann im Kapuzenpulli und spuckt nun etwas mehr Blut.

Der Mann im Anzug schaut auf ihn nieder.

Dann haucht der Mann am Boden seinen letzten Atem aus und stirbt.

Der Mann im Anzug schüttelt wieder den Kopf und nimmt seinen Hut ab: „Nun ja."

Dann schaut er auf den Umschlag, den er immer noch in der Hand hält: „Ich nehme das hier als Entschädigung, dass ich mir jetzt auch noch überlegen muß, wie ich dich loswerde."

Der Mann im Anzug steckt den Umschlag ein, schnappt sich die große, olivfarbene Tasche und geht wieder zurück zu seinem Wagen.

Die Tasche legt er wieder in den Kofferraum.

Dann steigt er in den Wagen und startet ihn.

Er fährt mit dem Wagen bis zur Leiche und bleibt neben ihr stehen.

Dann steigt er wieder aus.

Er geht zum Kofferraum, um diesen zu öffnen.

Anschließend geht er zur Leiche, packt diese und wirft sie ebenfalls in den Kofferraum und schließt diesen wieder.

Dann steigt er wieder in den Wagen und fährt davon, in die nun doch langsam aufgehende Sonne.

Ende

Schlußfazit

Mal ein kleines Gedankenspiel. Stellen Sie sich einmal vor, Sie würden beschuldigt irgendein Tier vergiftet zu haben. Grundgedanken sind nun denke ich schon vorhanden. Nun versetzen Sie sich bitte in die Lage eines Menschen, der Tiere über alles liebt; vielleicht sogar mehr als Menschen. Und jetzt sollen Sie ein Tier vergiftet haben. Und nun stellen Sie sich einmal vor, dass Sie nicht nur erschüttert auf Grund der Beschuldigung sind. Nein, auch diese Ihnen vorgeworfene Ideenlosigkeit verwundert Sie. Immerhin kann man ja auch Hunde zum Miauen und Katzen zum Bellen bringen.

Eine Abhandlung.

Über was?

Über das menschliche sein?

Über das Denken?

Über Geld?

Western?

Alles oder nichts?

Ich hoffe Sie konnten jeder für sich vielleicht, das ein oder andere Fazit oder Abhandlungen ziehen.

Der heldenhafte Reiter
Schließen und runden wir doch dieses Manuskript ab, mit einem letzten Gedicht:

Die Sonne zieht weiter

So auch der heldenhafte Reiter

Der Wind, er weht

Die Frau in Not, sie fleht

Der Reiter ist nah

Doch auch das Böse ist da

Der Kampf, er tobt

Bis einer ist tot

Schafft es der Held?

Oder ist es das Gute das fällt?

Die Nacht bricht ein

Nun tobt der Kampf im Mondes Schein

Stunde um Stunde

Runde um Runde

Der Mond verschwindet wieder

Der Kampf wird zu Text für Lieder

Die Sonne zieht weiter

So auch der heldenhafte Reiter

Impressum

ISBN: 978-3-7504-3210-9

Herstellung und Verlag:

BoD - Books on Demand, Norderstedt